L'île maudite

Luc Deborde

L'île maudite

nouvelle

En hommage à H. P. Lovecraft

ISBN papier : 979-10-219-0077-6

ISBN numérique : 979-10-219-0076-9

Sommaire

Introduction 7

1- Le reflet 11

2- Parmi les élus.. 27

3- Révélation 43

4- Berkham.. 53

5- Byron ressuscité 71

6- La clé.. 81

Introduction

*L*e style d'écriture particulier de *L'île maudite* parodie celui de H. P. Lovecraft.

Je suis un grand admirateur de cet écrivain, et je me suis toujours demandé par quelle magie son écriture ampoulée, surchargée d'adverbes et d'adjectifs, pouvait exercer un tel charme sur moi.

Un matin, alors que j'étais en train de traduire en français les nouvelles qui forment le recueil *Le monstre sur le seuil*[1], je me suis réveillé avec un rêve complètement délirant en tête. Il y était question d'un homme massacrant la population d'une île maudite. À quelques détails près, je venais de vivre l'histoire complète que raconte la nouvelle qui va suivre.

Deux heures après mon réveil, je tombai sur un article consacré à Lovecraft dans lequel il prétendait que la plupart de ses récits étaient issus de ses rêves nocturnes. Et si j'essayais ? me suis-je demandé. Et si j'essayais de coucher mon rêve sur le papier, en m'inspirant des recettes que Lovecraft utilise pour construire ses nouvelles ? Sans prétention, juste pour voir…

---

1 *Le monstre sur le seuil et autres nouvelles*
H. P. Lovecraft - Éditions Humanis - 979-10-219-0053-0.

Je me suis beaucoup amusé. L'exercice consistait, pour une part, à mépriser les règles les plus élémentaires de l'écriture moderne. Comme chez Lovecraft, les phrases sont surchargées de mots et d'expressions précieuses. Les adjectifs foisonnent par groupes de deux ou trois…

Le cœur du récit emprunte également plusieurs poncifs à son œuvre : des forces divines et maléfiques issues de l'océan, une légende antique effrayante et douteuse, une crypte, un héros qui sombre peu à peu dans la folie, une intrigue qui se déroule dans un lieu confiné… tout cela raconté à la première personne par un narrateur terrifié et pétri de doutes.

Mais, puisque mon amusement primait, je me suis permis l'ajout d'éléments qui ne pourraient *absolument pas* (mais qui auraient peut-être dû !) faire partie de l'univers de Lovecraft, telle une scène de sexe, par exemple, que j'ai tenté de raconter comme Lovecraft l'aurait fait s'il s'en était donné le droit.

Toujours dans le registre de la parodie, le premier réveil d'Ankhur semble tout droit tiré d'un livre ou d'un film de science-fiction des années 1960 et se conclut par une scène inspirée des premiers films de James Bond. Quant à l'exploration de la base secrète, elle pourrait figurer dans un feuilleton télé des années 1970[2]. La fin du récit renoue cependant avec l'univers de Lovecraft, afin de boucler la boucle.

---

2 Mais elle évoque aussi l'errance souterraine du narrateur dans la nouvelle « L'ombre du temps » de H. P. Lovecraft.

J'ai voulu, envers et contre tout, construire un récit palpitant, plein de surprises, capable de maintenir le lecteur en haleine. Je ne sais pas si j'y suis parvenu d'un bout à l'autre, mais j'espère que cette nouvelle amusera les amoureux de H. P. Lovecraft autant que je me suis amusé à l'écrire.

1- Le reflet

J'apprécie la douce somnolence qui s'installe en moi dans l'heure qui suit mon déjeuner. Où que je sois et sans trop me soucier de mon éventuelle compagnie, j'ai pour habitude de m'allonger sur la première surface venue et de me laisser doucement couler vers les frontières de l'inconscience. Avec gourmandise, lenteur et délicatesse, savourant chaque instant comme un inépuisable banquet orgiaque, je jouis de l'étrange *no man's land* qui sépare nos consciences éveillées de celles des mondes oniriques. Si l'abondance existe pour moi, c'est ici qu'elle trouve sa source, dans cette infinité de possibles, car mon esprit, sans avoir rien perdu de ses capacités d'analyse et de synthèse, devient en mesure de leur faire épouser l'imagination féconde qui agite le monde de mes rêves.

Tel est mon secret, la source de ma réussite et de mes profits. Je m'en sens parfois coupable.

Ce jour-là, alors que j'ouvrais lentement les yeux et que mon esprit abandonnait avec regret les visions d'un royaume opalescent que peuplaient de sensuelles créatures éthériques, je ne parvins pas à identifier l'espace dans lequel je me voyais flotter. Un azur parfait occupait la plus grande partie de mon champ visuel, à peine troublé par quelques nuages transparents qui ondulaient étrangement *sous* lui. À ma droite, un éclat de lumière dont la dureté métallique blessait cruellement ma rétine, tranchait l'espace avec violence. Il me fallut près d'une minute pour prendre conscience de la texture feutrée sur laquelle mes mains étaient posées. Je m'étais endormi contre le hublot du jet privé qui me transportait à Koha Tapunui, et la lumière crue qui jaillissait au bord de mon champ de vision n'était rien d'autre que le reflet du soleil sur l'aile argentée de l'avion.

Le visage angélique qui me faisait face était celui de Sarah Wertfield, une jeune prodige de l'écriture dont la renommée était déjà immense, alors qu'elle n'avait que trois romans à son actif. Voyant que j'étais à nouveau conscient, la jeune femme fronça délicatement les sourcils et me décocha son célèbre sourire boudeur, l'un des atouts qui, sans rien ôter à son remarquable talent, n'était pas tout à fait étranger à son parcours flamboyant dans le monde littéraire.

— Vous me racontez ? demanda-t-elle laconiquement.

— Quoi donc ? m'étonnai-je d'une voix pâteuse.

— Allons ! Vous me disiez tout à l'heure que vos meilleures idées naissaient de vos états de demi-sommeil… Je me demandais… si j'aurais la chance de vivre en direct la genèse de votre prochain best-seller. Je suis curieuse de savoir ce que vous avez imaginé. Vous me racontez ?

Sa demande me gênait et je répondis en balbutiant un peu.

— Ça ne serait pas… décent et je doute que… que ça fasse un best-seller, hum… sinon au rayon « érotisme » des librairies les moins recommandables. De toute façon, ça n'avait aucune structure solide. Je crois que j'étais trop avancé vers les frontières du sommeil. Ce voyage est interminable… Je suis épuisé.

Elle exprima sa déception par un nouveau sourire boudeur qui me rappela d'où provenait le caractère sensuel de mes visions oniriques. Nous nous faisions face depuis près de quatre heures, et j'avais déjà eu l'occasion de succomber à son charme ravageur.

— On est presque arrivés, reprit-elle. Si j'ai bien compris ce que notre hôte nous disait dans son mail, nous n'aurons même pas à passer par la douane à l'arrivée.

— Ah, oui ! Je me souviens de ça ! « Vous êtes les ambassadeurs de la culture moderne et vous serez accueillis comme tels, sans aucune formalité. » Vraiment incroyable, ce Byron !

Lord Georges Mathieu Byron était l'homme qui nous avait conviés – avec une dizaine d'autres auteurs à succès – sur l'île de Koha Tapunui afin de « célébrer nos réussites dans le décor idyllique du Pacifique sauvage ».

Descendant direct de George Gordon Byron, un très célèbre poète maudit, Georges Mathieu avait hérité de son ancêtre une charmante originalité et un talent tout à fait particulier pour la littérature fantastique. La fortune indécente issue de ses quatorze derniers best-sellers lui avait permis de s'offrir une petite île sauvage, isolée en plein milieu de l'océan Pacifique, à 800 km au nord-est de Rapa Nui. Il y organisait des festivités à la hauteur de sa folie et de son opulence, seul moyen pour lui de préserver un contact avec le reste de l'humanité.

— Est-ce la première fois pour vous? demanda timidement Sarah.

Désarçonné par l'ambiguïté de cette question, je ravalai précipitamment la salive qui venait d'inonder mon palais avant de comprendre ce qu'elle voulait dire.

— Non… Heu… Oui. Je n'avais jamais eu le temps d'y aller jusqu'à présent. Et je ne suis pas vraiment sûr que c'était une bonne idée. Mais bon… ça me permettra de penser à autre chose.

— Des soucis?

— Non… Non. Je crois simplement que je passe trop de temps à travailler. C'est ma drogue et j'ai peur de souffrir du manque. C'est idiot, hein?

Elle se contenta de me répondre par un sourire distrait puis tourna son regard vers le hublot qui éclairait son siège. La lumière venait de perdre la pureté qu'elle avait eue jusque-là, pour se teinter de nuances grisâtres vaguement inquiétantes.

— Nous venons sans doute de commencer à perdre de l'altitude et nous entrons dans la couche nuageuse, supposai-je.

— Je ne crois pas… Regardez : les nuages de moyenne altitude sont toujours en dessous de nous. Je pense plutôt que la météo se dégrade. J'ai bien peur que la petite fête de Byron ne soit compromise par la pluie. Le Pacifique est toujours plein de caprices!

Je ne pus m'empêcher d'être contrarié par ce qu'elle m'apprenait. Je m'étais fait une joie à l'idée de somnoler sur une plage ensoleillée. L'île sauvage de Byron perdrait sans doute une bonne partie de son charme sous une pluie battante.

Je me laissai à nouveau glisser dans la torpeur qui m'écrasait et ne tardai pas à sombrer pour de bon dans un sommeil sans rêves.

Le choc du train d'atterrissage m'en fit émerger. Encore vaseux et plein d'une irritation dont j'ignorais la cause, j'adressai un sourire d'excuse à Sarah pour lui avoir préféré la compagnie de Morphée, et tournai mon regard vers le paysage qui défilait follement à l'extérieur de l'avion. Contraint d'atterrir sur une piste très courte, le pilote nous imposa un freinage vigoureux et le paysage devint de plus en plus distinct, dévoilant une végétation spectaculaire dont la pluie épaisse ne parvenait pas à masquer la beauté exubérante.

Lorsque je posai le pied sur le couloir d'évacuation du jet, je fus saisi par la densité de l'air et par la sensation qu'une couverture transparente et visqueuse venait d'être appliquée sur chaque centimètre apparent de ma peau. Le contact de ma main avec le métal de la rambarde de descente était poisseux. Mon nez fut assailli par d'innombrables odeurs sucrées qui évoquaient des souvenirs lointains, remontant à ma tendre enfance. Dans la région indienne de Goa où j'ai vécu autrefois, j'ai connu la moiteur des étés humides et les senteurs de l'humus enragé. Je ne m'étais pas attendu à revivre ces impressions avec tant de brutalité dans une île du Pacifique distante de plus de vingt mille kilomètres de ma région natale.

Contrastant avec l'idée que je me faisais de cette arrivée et avec le faste que j'associais à l'image de notre hôte, un véhicule tout-terrain en mauvais état et à la couleur indiscernable était stationné à la sortie du couloir de descente. La piste, dépourvue de toute infrastructure, était de toute évidence privée. Elle gisait dans une vallée entièrement confinée par une jungle moite. Quatre membres du personnel d'accueil tenaient des parapluies à bout de bras, luttant contre les trombes d'eau qui tentaient de les faire basculer. Nous nous engouffrâmes à l'arrière du véhicule, heureux de trouver un abri, mais déjà trempés par les quelques secondes passées à l'extérieur.

— Ça ne plaisante pas ! lança Sarah en hurlant pour couvrir le bruit de l'eau qui frappait le toit du véhicule.

— Bonjour ! Désolé pour cet accueil, répondit le chauffeur sur le même ton. On ne peut jamais prévoir quand ça va arriver. Nous sommes trop isolés pour que les services de météo s'intéressent à notre zone et nous donnent des prévisions fiables. Je ne peux pas vous dire combien de temps ça va durer… mais rassurez-vous : la résidence offre tout le confort nécessaire pour passer du bon temps, même en période de pluie. Il y déjà de nombreux invités qui nous ont rejoints dans la matinée. Je m'appelle Berkham et je suis attaché à votre service pour toute la durée de ce séjour. Bienvenue dans notre île !

Alors que le dénommé Berkham se retournait pour enclencher le contact, un choc sourd nous fit sursauter. Un singe capucin venait d'atterrir sur le capot du véhicule.

Il tourna son visage vers moi et me fixa longuement, indifférent à la pluie toujours dense qui rebondissait en gerbes sur son crâne et creusait des sillons dans sa fourrure pelée. Nous étions tous saisis par la vue de ce petit animal dont la mimique était à la fois cocasse et inquiétante, et nous ne fîmes pas le moindre mouvement. Après de longues secondes d'immobilité, le capucin tourna son visage vers Sarah et lui montra les dents dans une expression qui n'avait plus rien d'amusant. Puis il frappa son torse minuscule d'un terrible coup de poing et s'évanouit dans un mouvement insaisissable vers le mur de végétation qui nous faisait face. À l'intérieur du véhicule, le silence s'éternisa. Aucun de nous n'osait briser le sort qui venait d'être jeté.

— Brrrrrr, émit enfin Sarah d'une voix sourde.

— Je suis navré, vraiment navré, réagit le chauffeur. Ces singes ne sont pas originaires de l'île. Ils ne sont là que depuis quelques années sans que nous n'ayons jamais compris d'où ils proviennent. Ils se sont adaptés à notre île et pullulent à présent par centaines. Mais en temps ordinaire, ils ne sont pas agressifs. Je suppose que celui-ci a dû se faire mal en glissant de son arbre. Il ne vous adressait qu'une grimace de douleur…

— J'aime mieux ça, répondit Sarah. Ça m'a fait froid dans le dos ! Comment se fait-il que ce singe soit tatoué ? Vous faites un suivi vétérinaire de ces animaux ?

— Tatoué ? Que voulez-vous dire ?

— Il m'a semblé voir une marque étrange sur son poignet gauche…

— Vous devez faire erreur… C'est sans doute le tracé de la pluie dans son pelage qui vous aura abusé…

Sans autre commentaire, Berkham engagea le véhicule dans le chemin boueux qui menait à la résidence, bousculant la végétation qui cherchait à l'avaler.

L'eau avait lavé mon visage. Emporté par l'ambiance dépaysante qui s'était si brutalement imposée à nous, je constatai que j'étais enfin complètement éveillé. Ma mauvaise humeur était retournée là d'où elle avait surgi. Les cheveux mouillés de Sarah exhalaient un parfum floral qui se mariait à merveille avec celui de la jungle et un sourire stupide s'étala sur mes lèvres à la vue de son chemisier que l'humidité rendait dangereusement transparent. J'étais somme toute heureux de me retrouver là, dans cet environnement si différent de mon quotidien laborieux.

Notre véhicule déboucha sur un plateau rocheux qui surplombait la mer. La violence de la pluie venait de faire place à une relative accalmie et nous pûmes apprécier l'incroyable panorama que cette position offrait à la résidence. Accroché sur le bord du plateau dans un équilibre étonnant, le bâtiment de verre était construit telle une immense muraille transparente exposant toute sa courbure au souffle de l'océan. Au centre du demi-cercle ainsi protégé, des toiles tendues ainsi que des panneaux verticaux qui semblaient presque disséminés au hasard, délimitaient des espaces parmi lesquels on identifiait de nombreux salons ouverts, une zone dédiée à la piscine et aux spas, une salle de sport ainsi que des bungalows et de nombreux espaces clos dont l'usage restait à découvrir. Des chemins capricieux reliaient tous ces aménagements, franchissant parfois des bassins décoratifs à l'aide d'un solide pont de bois ou passant sous la voûte d'un bosquet de lianes fleuries avant de traverser l'un des jardins vivaces qui agrémentaient l'ensemble.

Sans doute soucieux de ne pas gâcher l'effet que ce paysage produisait immanquablement sur chaque invité, Berkham conduisait à faible vitesse en gardant le silence. Il finit par garer notre 4x4 sous une case monumentale qui abritait déjà une bonne dizaine de véhicules, et vint galamment ouvrir la portière de Sarah.

— Je suppose que vous souhaitez vous rafraîchir avant de rejoindre les autres invités… L'un de nos employés va vous conduire à vos suites en caddy. Prenez votre temps : il y a des animations permanentes dans les zones C et D, mais les spectacles principaux n'auront lieu qu'en début de soirée et il est encore tôt. L'ensemble de notre personnel est à votre entière disposition. Si vous souhaitez me voir régler personnellement un détail, n'hésitez surtout pas à me faire appeler : je ne serai jamais loin.

Enchaînant sur un discret hochement de tête, Berkham monta lui-même dans un caddy qui alla se perdre dans les chemins fleuris de la résidence.

— Rien que ça ! finis-je par lancer à Sarah qui semblait aussi estomaquée que moi. On peut dire qu'ils ont le sens de la mise en scène !

— « Il y a des animations permanentes dans les zones C et D, mais les spectacles principaux n'auront lieu qu'en début de soirée », minauda-t-elle dans une très mauvaise et très amusante imitation de Berkham.

— Byron a probablement fait venir une star mondiale du R&B pour créer l'événement.

— Il en est bien capable !

Elle semblait avoir oublié l'épisode troublant qui avait succédé à notre arrivée.

J'avais le désir de prolonger ce tête-à-tête. Je me laissai aller à mon impulsion et lui proposai de rejoindre nos suites à pied. Sans un mot, les membres du personnel qui étaient restés discrètement à l'affût comprirent notre intention et nous guidèrent à travers le dédale des chemins.

Notre long parcours fut silencieux : il y avait tant à admirer ! Alors que nous nous rapprochions de la muraille de verre qui nous séparait de l'océan, je réalisai qu'elle faisait plus de vingt mètres de haut et autant d'épaisseur. Sa longueur totale atteignait sans doute près d'un kilomètre. Les espaces que sa forme courbe abritait du vent étaient loin d'être les seules zones aménagées de la résidence : la muraille en elle-même était un tube de verre comportant une extravagante suite de salles qui baignaient dans la lumière du soleil couchant. Une bibliothèque sur quatre étages succédait à une salle de concert qui voisinait avec une salle de cinéma… et ainsi de suite jusqu'à perte de vue. Tout le monde savait que les moyens financiers de Lord Byron étaient considérables, mais je n'aurais pas imaginé qu'il pût s'offrir un tel délire architectural, dont le coût total dépassait sans doute largement mon appréhension personnelle de la richesse.

Les jardins que nous traversions étaient d'une beauté bouleversante. Exploitant avec intelligence les variétés tropicales qui poussaient sous ce climat humide, ils réinventaient l'art du paysagisme en faisant alterner des zones sauvagement verdoyantes avec la rigueur et la folie imaginative des jardins à la française. Les bassins et les jeux d'eaux étaient omniprésents et venaient ponctuer le parcours d'une charmante rivière qui cheminait à travers toute la superficie du plateau. Les insectes aquatiques et les nombreuses variétés de poissons qui la peuplaient attiraient des oiseaux de toutes sortes qui participaient à l'écosystème très complet de ce monde artificiel.

J'étais aussi ému que Sarah lorsque je la laissai à l'entrée de sa suite et allai découvrir le luxe de mes propres appartements. Nous avions convenu de nous retrouver une heure plus tard pour rejoindre ensemble la partie centrale de la résidence.

Sans doute prévenu de notre arrivée, Lord Byron vint toutefois nous accueillir en personne. Je l'avais croisé cinq ans auparavant à l'occasion d'un salon littéraire, et bien qu'il fût désormais légèrement grisonnant, je constatai qu'il faisait bien dix ans de moins que lors de cette dernière rencontre. Il en est ainsi avec les gens dont la réussite atteint son point culminant : elle efface les rides des amertumes et des échecs précédents.

Il était affable et trouva les mots qu'il fallait pour flatter nos ego respectifs et nous mettre à l'aise en sa compagnie. Nous étions les derniers arrivés de la journée. Il n'économisa pas son temps afin de nous présenter à la trentaine de convives qui partageaient notre séjour.

Je connaissais la plupart d'entre eux, mais Byron savait toujours évoquer un détail inédit touchant à leur intimité sans jamais verser dans la méchanceté ou la vulgarité. Il nous apprit que Richard Douglas-Masterson était claustrophobe, taquina gentiment Adalia Fernandez au sujet du serpent qu'elle promenait lors de chacun de ses déplacements, stupéfia Lin Liu en lui glissant une allusion à sa passion pour Ai Weiwei[3] et félicita Samir Bouhadjadj pour son prochain prix Nobel de littérature, alors que cette nomination n'était pas encore officielle.

En bref, Byron sut nous subjuguer par son esprit. Je ne pus m'empêcher de céder à son charme gentiment frondeur tout en sachant qu'il relevait de son art avancé de la séduction. Je présume que Sarah Wertfield et moi-même n'étions rien d'autre que des objets de distraction, et sur ce terrain, je crains fort que les qualités esthétiques de Sarah ne lui aient procuré un avantage majeur.

Notre parcours à la recherche des différents convives nous promenait à travers la place centrale que de nombreux spectacles animaient. Byron, toujours attentif au moindre de nos désirs, remarqua que l'at-

____

3 Artiste contestataire chinois.

tention de Sarah avait été captivée par une représentation de tresque[4] médiévale. Il interrompit aussitôt notre marche pour la laisser jouir de ce ballet hypnotique.

Pour ma part, j'avais le regard fixé sur un numéro d'équilibriste particulièrement audacieux qui se déroulait à quelques pas de nous. Je m'avançai, attiré par l'homme qui dansait élégamment sur une sphère minuscule empilée sur un assemblage de blocs enflammés, tout en jonglant avec un nombre étonnant d'objets hétéroclites.

Sa performance, déjà prodigieuse, fut rendue encore plus spectaculaire lorsqu'elle se doubla d'un numéro de prestidigitation : je constatai que les objets avec lesquels il jonglait adoptaient désormais des trajectoires capricieuses défiant les lois de la physique. Excellent comédien, le jongleur faisait mine de s'en étonner, et commençait à vaciller comiquement sur sa sphère instable. Les flammes qui l'entouraient furent alors soufflées, et les blocs sur lesquels sa sphère reposait se mirent à trembler avant de s'envoler en tournant tout autour de lui.

L'homme mimait la surprise la plus totale, chevauchant toujours une sphère suspendue dans le vide à un mètre du sol.

Je n'avais jamais eu l'occasion de contempler un spectacle aussi élaboré d'un point de vue technique. Lord Byron lui-même contemplait tout cela avec stupeur, et je

____

4 Danse qui est censée être à l'origine de la farandole.

me réjouis de constater qu'il pouvait perdre son élégance supérieure sous le coup d'une forte émotion.

Les blocs qui tournaient toujours autour du jongleur finirent par s'agencer très rapidement en une structure organisée et le numéro prit fin lorsque l'artiste fut entièrement emmuré, déclenchant des cris d'admiration et des applaudissements enthousiastes de la part des quelques convives qui avaient contemplé la scène à nos côtés.

Byron resta troublé et nerveux bien après que le spectacle fut achevé. Je présume que la scène avait éveillé un souvenir désagréable ou une autre forme d'écho pénible au sein de son esprit. Il ne tarda pas à prendre congé en prétextant une obligation mondaine et nous fûmes laissés à nous-mêmes.

Nous achevâmes le tour de la place centrale où se concentrait le reste des convives. Sarah y retrouva une amie avec laquelle elle s'engagea dans une discussion animée, et je décidai de la laisser à ces retrouvailles. Je la saluai affectueusement et m'éloignai, tout étonné de l'intimité que ces quelques heures passées ensemble avaient installée entre nous.

Nous avions soupçonné Byron d'avoir convoqué une star internationale pour animer l'un de ses spectacles. Je découvris bientôt que nous avions vu juste, et finis ma soirée en compagnie d'Edwyn Collins qui me fit l'honneur de partager mon repas entre deux ballades nostalgiques. Je nageais en plein rêve, heureux d'avoir quitté mon univers monotone pour venir vivre ces moments d'exception.

Les événements ultérieurs m'amenèrent à réviser mon point de vue.

Je me réveillai d'humeur maussade. J'avais sans doute abusé du délicieux pinot gris dont on m'avait abreuvé la veille, et mon corps exerçait de légitimes représailles. Le système domotique installé dans la chambre détecta mon retour parmi les vivants et me proposa les animations de la journée sur un écran géant couvrant tout la surface d'un mur. Alors que je murmurai pour moi-même : « Quelle heure peut-il être ? », la machine entendit ma question et me répondit d'une voix suave :

— Neuf heures quarante-cinq, Monsieur. Bonjour à vous !

En jetant un œil sur le planning qu'on me proposait, je constatai que la plupart des excursions de groupe étaient déjà parties. On m'offrait toutefois la possibilité de promenades « à la demande ». Je pouvais également bénéficier de cours d'arts plastiques, de piano, de violon, de mandoline et de guitare, tous animés par des personnalités de renom qui avaient sans doute mieux à faire.

Tandis que j'examinai cette liste d'options avec ennui, on frappa à ma porte. Un groom, probablement prévenu de mon réveil par le système automatique, interpréta mon grognement comme une invitation à entrer. Il s'inquiéta de savoir si je préférais déjeuner dans ma chambre ou en un autre lieu de la résidence. Je grognai une seconde fois. Il revint quelques secondes plus tard avec une quantité de mets suffisante pour traverser un holocauste sans crainte d'inanition. Je réalisai que ce séjour allait me guérir définitivement de mon attrait coupable pour les hôtels de luxe : aucun d'entre eux, aussi onéreux soit-il, n'offrait le dixième de ce qu'on nous proposait dans cette résidence.

J'en étais à mon deuxième mug de café quand l'écran figé sur les animations du jour se vit animé par un message qui palpitait à un rythme lent : « M. Byron sollicite une visioconférence »

Je m'inquiétai d'abord de l'état de présentation désastreux que je m'apprêtais à lui offrir, puis haussai les épaules et lançai un « communication acceptée » que j'espérai intelligible pour le système domotique. Les dents de porcelaine et le lifting impeccable de Lord Byron s'imposèrent en fondu progressif sur l'écran mural. J'essayai de composer un sourire aimable.

— Bonjour, Ankhur, comment allez-vous ?

Il rayonnait de façon indécente et j'éprouvai une violente envie de le gifler. Je parvins pourtant à lui répondre courtoisement :

— Bonjour, Georges, je suis honoré par votre sollicitude.

— Je constate que vos volets sont encore fermés… J'ai le plaisir de vous annoncer que nous bénéficions d'une météo de rêve, ce matin. Je voudrais commencer par m'excuser pour la façon grossière dont je vous ai abandonné hier soir. C'était impardonnable.

— Vous me gênez, lui dis-je. J'ai été extrêmement flatté de l'importance que vous nous avez accordée, et tout à fait ravi par notre long échange. Je ne crois pas qu'on m'ait jamais accueilli avec tant de délicatesse et de générosité, et je doute que cela se reproduise jamais.

— Mais quand vous voudrez ! s'exclama-t-il sur un ton outragé qui frôlait le comique. Vous serez toujours le bienvenu ici, tant que l'Univers me gardera en vie. J'ai vivement regretté que notre entretien se termine si abruptement, et si vous disposez d'un petit moment ce matin, j'aimerais beaucoup vous faire visiter mes installations personnelles.

— J'adorerais ! J'étais justement en train de me dire que je n'avais envie de rien et je me préparais à organiser gentiment mon ennui. Vous me sauvez la vie !

— Parfait ! reprit mon hôte. Lorsque vous serez disposé, faites signe à l'homme qui se tient devant votre bungalow. Il vous conduira à moi. À tout à l'heure, mon ami.

— À tout à l'heure, Georges.

L'écran s'éteignit. J'étais effaré.

Je voulais bien croire que Byron était soucieux de la qualité de son accueil. J'étais même prêt à accepter l'idée qu'il appréciait ma compagnie. Mais je n'étais que l'un des trente convives qu'il avait réunis pour ce séjour. Je ne pouvais expliquer qu'il m'accorde autant de temps et d'importance, alors que la plupart des autres invités l'avaient à peine croisé. Je conçus l'hypothèse que notre hôte éprouvait de l'attirance pour Sarah et qu'il voulait m'utiliser comme intermédiaire pour obtenir son attention et ses faveurs.

Cette idée était évidemment ridicule. Si Byron voulait séduire Sarah, il avait des millions de possibilités et de prétextes sophistiqués à sa disposition, sans que mon aide lui soit nécessaire en quoi que ce soit. Et pour commencer, il n'y aurait rien eu de choquant à ce qu'il lui proposât directement l'invitation qu'il venait de m'adresser.

Mais alors, quoi donc ? Mon esprit encore embrumé ne concevait aucune amorce de réponse à cette énigme. Je renonçai donc à réfléchir, me lavai et m'habillai, puis me décidai à affronter le monde extérieur.

En me faisant presque bousculer par le souffle chaud et poisseux qui s'engouffra dans la chambre au moment où j'entrouvris la porte, je réalisai que j'avais dormi dans une atmosphère climatisée et qu'il faudrait me réacclimater à l'ambiance tropicale. La terre était détrempée par les pluies torrentielles de la veille. L'humidité de l'air était encore plus dense à présent que le soleil avait décidé de renvoyer toute cette eau vers le ciel, sans qu'aucun nuage ne vienne plus tempérer ses ardeurs.

Suffocant, je m'affalai sur le siège du caddy et priai pour que Byron ne me propose pas une marche en extérieur. À mon grand soulagement, le véhicule pénétra bientôt dans un couloir souterrain dont je n'avais pas soupçonné l'existence. De longues minutes s'écoulèrent tandis que nous nous enfoncions de plus en plus profondément au cœur de l'île, poursuivant une suite interminable de néons. Plus nous avancions et plus l'air rafraîchissait et me faisait revivre. Nous arrivâmes enfin devant une salle de délestage que barrait une gigantesque porte métallique évoquant l'entrée d'un coffre-fort titanesque. Je trépignais à présent sur mon siège comme un enfant devant un film de James Bond.

Le décor était saisissant au point que je doutai un bref instant de sa réalité. Se pouvait-il que mon réveil n'ait pas eu lieu et que je sois le jouet d'un songe convaincant ? Comment les moyens de Byron – aussi considérables qu'ils fussent – avaient-ils pu permettre un aménagement de cette ampleur ? Entre ce qui existait à la surface et ce dont je commençais à entrevoir l'existence sous terre, il y avait de quoi absorber le budget de défense d'un État respectable.

L'énorme porte métallique mesurait certainement plus de quinze mètres de haut. Elle glissa sur elle-même dans un feu de lumières clignotantes, dévoilant – comme je l'avais supposé en apercevant le sas d'entrée – un complexe souterrain d'une taille extraordinaire. Seul accroc à cette représentation – si je la comparais aux films de série B qui faisaient habituellement figurer des bases souterraines de ce genre – il n'y avait nul militaire et/ou scientifique s'agitant et courant en tous sens, sous les néons bleutés qui éclairaient la scène. Le complexe était désert, à l'exception de Lord Byron qui avançait en souriant.

C'est à cet instant précis que tout bascula.

À l'instant t, j'étais encore sur le siège de mon caddy, admirant la démarche souple de mon hôte. À l'instant t+1, je me retrouvai debout dans une salle entièrement nue, de dimensions bien plus modestes, dont chaque surface était d'un blanc aveuglant. Plus de caddy, plus de Byron, plus de porte métallique et plus rien de l'étrange acoustique de cathédrale qui régnait dans la salle précédente. Encore plus surprenant, Sarah était allongée à quelques mètres de moi, dans un maillot de bain coloré qui dévoilait largement la splendeur de son jeune corps athlétique.

Jusque-là, je m'étais amusé de la succession d'événements improbables qui avaient jalonné mon début de journée. Je commençais désormais à ressentir un malaise pénible, face à tant d'éléments mettant mon bon sens en échec. Je fus presque tenté de me laisser tomber dans un état de léthargie passive, étant donné mon évidente incapacité à anticiper ou à gérer ce qui advenait sans cesse.

Mais une autre part de moi-même était survoltée par une angoisse sourde, par un sentiment d'extrême danger.

Je m'approchai de Sarah et prononçai son nom sans obtenir de réaction. Ses yeux étant masqués par des lunettes de soleil, je finis par m'agenouiller auprès d'elle afin de déterminer si elle les tenait clos. Elle était consciente, car je voyais son corps et ses mains bouger comme ceux d'une personne qui se détend sans avoir encore sombré dans le sommeil. Je lui retirai ses lunettes d'un geste doux et la vis froncer les sourcils.

Elle semblait aveugle ; son regard ne focalisait pas sur mes doigts qui s'agitaient à quelques centimètres de ses pupilles.

Je l'appelai d'une voix plus vigoureuse, et une réaction se peignit enfin sur son visage. Elle cligna des yeux à plusieurs reprises, exprimant une profonde stupéfaction, puis finit par diriger son regard vers moi en esquissant un mouvement de recul empreint de panique.

— Ankhur ? Qu'est-ce que vous faites ?

Elle se lança dans un examen stupéfait de notre environnement avant de m'adresser un nouveau regard plein de méfiance.

— Où sommes-nous ? Qu'est-ce qui s'est passé ?

— Je n'en ai pas la moindre idée, répondis-je d'un air désolé. J'espérais que vous pourriez m'aider à comprendre.

— À comprendre ?... À comprendre quoi ?

Constatant que ma trop forte proximité contribuait à exciter sa méfiance, je m'éloignai d'un pas avant de lui répondre.

— Je ne sais pas... à comprendre pourquoi nous sommes là... pourquoi vous êtes là... quel est cet endroit...

L'aveu de mon ignorance aggrava son désarroi. C'est presque dans un cri qu'elle me lança :

— Où sommes-nous ?

— Je n'en sais rien ! Il y a moins d'une minute, j'étais en train de rejoindre Lord Byron dans un complexe souterrain situé au cœur de l'île. L'instant d'après, j'étais dans cette pièce et je vous apercevais, allongée sur le sol.

Elle réalisa alors dans quelle tenue je l'avais découverte, et une gêne pénible vint s'ajouter au trouble qui modelait son expression. Sa lèvre inférieure se mit à trembler. Il me sembla qu'elle allait fondre en sanglots d'un instant à l'autre.

— Il faut vous reprendre, lui dis-je d'un ton très doux. Je propose qu'on essaye de sortir d'ici.

— On nous a drogués ! répliqua-t-elle aussitôt d'une voix chargée de colère.

J'en déduisis que son humeur venait de passer de l'abattement à une certaine forme d'agressivité, ce qui était plutôt bon signe, tant que sa vindicte n'était pas dirigée contre moi. J'aimais mille fois mieux avoir une combattante à mes côtés, plutôt qu'une victime en larmes.

Je me rapprochai d'elle et m'assis à ses côtés en prenant garde de ne faire aucun geste qui eut pu réveiller sa méfiance. Alors que mes yeux restaient fixés dans les siens, cherchant à établir un lien rassurant, je ne pus m'empêcher d'être profondément troublé par la perfection de son visage dont la peur et la colère ne faisaient que relever la beauté, et par celle de son corps qui s'offrait presque entièrement nu à mon regard. Je dus exercer un contrôle des plus stricts sur mon instinct de mâle pour ne pas détailler chacune des merveilleuses parties de son anatomie, pestant contre cette nature animale qui m'amenait à la désirer avec tant d'ardeur, dans un moment où les plaisirs de la chair n'avaient strictement rien à faire. Pétri de confusion, je mis mes pensées dégradantes sur le compte de cet état d'esprit.

— Je n'ai pas le souvenir de m'être évanoui, lui dis-je. Je suis juste passé d'un lieu à une autre, sans la moindre transition.

— C'est aussi ce qui m'est arrivé ! J'étais en train de me faire bronzer au bord de la piscine quand j'ai entendu votre voix. La seconde suivante… j'étais là.

La salle était d'un blanc si aveuglant qu'il était difficile de distinguer les jonctions entre les parois. J'avançai prudemment jusqu'à rencontrer la première surface verticale qui se présenterait. J'y parvins en quelques pas, confirmant ce que l'acoustique de la pièce m'avait déjà révélé : elle était de dimensions modestes. Le mur était composé d'une sorte de plexiglas tiède au toucher. Je le frappai avec l'articulation de l'index et n'obtins qu'un son très mat semblant indiquer que la paroi était massive. Je me mis à longer sa surface, à la recherche d'une irrégularité quelconque.

La salle faisait environ dix mètres sur dix. Elle était constituée d'un bloc remarquablement homogène. En examinant ses angles de près, je constatai que chacun d'eux, qu'il soit vertical ou horizontal, étant légèrement arrondi. Cela expliquait pourquoi il était si difficile d'appréhender cet espace de façon visuelle : en l'absence d'arêtes vives, la lumière ne trouvait pas d'endroit où s'accrocher.

Je désespérai de trouver la moindre variation dans cette construction homogène lorsque mes doigts détectèrent soudain un très léger renfoncement ovoïde en plein milieu de l'un des murs. Ma compagne d'infortune s'était levée. Elle examinait également la paroi, à deux mètres sur ma gauche.

— Il y a quelque chose ici ! lui dis-je

Elle s'approcha et posa sa petite main sur la zone. Passant derrière elle, je poursuivis mon exploration. Quatre pas plus loin, une seconde dépression se révéla dans la paroi.

— En voilà une autre !

— Étrange, réagit Sarah, c'est l'endroit où j'étais juste à l'instant et je n'ai rien remarqué !

Pris d'une impulsion, et tout en gardant ma main gauche sur cette deuxième zone, je promenai la main droite au hasard sur toute la surface qui me séparait de la jeune femme. Ne trouvant rien de particulier, j'étendais mes recherches à la zone supérieure de la paroi lorsque Sarah poussa un cri.

— Ça chauffe !

La zone située sous ma main gauche venait elle aussi de grimper de plusieurs degrés. Stupéfaits, nous attendîmes en silence, mais rien de nouveau ne se produisit, si ce n'est que la température des dépressions revint progressivement à la normale. Je repositionnai alors ma main droite dans la partie supérieure située entre Sarah et moi et sentis le phénomène thermique se reproduire. Lorsque j'atteignis l'exact milieu de nos positions respectives, des points lumineux dessinant une porte voûtée apparurent sur la paroi.

— C'est extraordinaire ! m'exclamai-je en admirant les motifs délicats que ces lumières faisaient naître dans l'épaisseur du plexiglas.

Je retirai mes mains et les lumières qui restaient encore visibles se mirent à pulser lentement une dizaine de fois, avant de s'éteindre tout à fait.

— Qu'est-ce que ça veut dire ? demanda Sarah.

— C'est certainement une sorte de protocole. Essayons de faire réapparaître ces lumières. Il doit y avoir une manipulation à effectuer avant qu'elles ne s'éteignent…

Je repositionnai mes mains dans les zones qui avaient déclenché le phénomène lumineux et constatai avec surprise qu'au lieu de faire de même, Sarah se dirigeait vers moi en me fixant d'un regard brûlant. Désarçonné par son attitude, je me tournai vers elle quand elle me bondit littéralement dessus et prit ma bouche dans la sienne avec violence.

Je n'étais pas novice en matière d'étreinte passionnée. Mais je n'aurais jamais cru possible d'être submergé de la sorte par l'intensité de mes désirs et de mes sentiments. Ce fut un choc brutal qui me fit vaciller sur mes jambes et m'amena à l'extrême limite de l'évanouissement. Emporté par ce tourbillon émotionnel, je répondis au baiser de Sarah avec une fougue barbare : j'empoignai son corps pulpeux et le comprimai compulsivement contre le mien. La douceur de sa peau nue était intolérable. Mes mains devenues folles la pressèrent de toutes parts tandis que les battements effrénés de son cœur faisâient vibrer sa poitrine brûlante contre mon torse. Je la plaquai contre le mur de plexiglas, lui assenant de monstrueux coups de boutoir avec mon bassin. Sarah grogna de façon animale. Mes nerfs tendus jusqu'à la rupture, je poursuivis l'exploration frénétique de ses courbes tout en augmentant la brutalité de mes assauts.

Une part de moi se révoltait contre cette passion déraisonnable, mais elle n'avait pas la moindre prise sur mes emportements. Prisonnière de sa condition supérieure, elle se cognait à la voûte de mon crâne dans les efforts pitoyables qu'elle accomplissait pour reprendre le contrôle de mon corps.

Ma bouche léchait et mordait furieusement le visage de Sarah qui haletait, dévastée de désir, en poussant des cris grotesques. Cela ne m'excitait que davantage. Mes mouvements gagnèrent encore en violence alors que ma folie culminait à son paroxysme. Nous nous mîmes soudainement à hurler comme des bêtes sauvages, unis dans une jouissance extatique d'une ampleur inouïe qui suspendit l'instant.

Nous n'avions pourtant fait que nous agiter brutalement l'un contre l'autre, sans même avoir eu le temps d'entremêler nos corps plus avant, et mon sexe distendu était toujours prisonnier de mes vêtements.

Nous nous affaissâmes sur le sol, vacillant comme deux pantins abandonnés à eux-mêmes. Mes bras étaient parcourus de fourmillements. Des flashs lumineux m'aveuglaient. Mes oreilles bourdonnaient. Mes vagues connaissances en physiologie me firent comprendre qu'il s'agissait d'effets secondaires normaux pour une personne exposée aux violentes décharges hormonales que je venais de subir.

Nous respirions avec difficulté. Il nous fallut un long moment avant de retrouver nos moyens et de parvenir à démêler nos corps vidés de toute force. Le souffle nous revint peu à peu. Sarah me lança un regard plein de détresse puis posa un doigt sur ma bouche.

— Ne dis rien, s'il te plaît, ne dis rien…

Je n'aurais sincèrement pas su quoi dire. La scène que nous venions de vivre était d'une invraisemblance absolue qui ne faisait qu'accroître le caractère extraordinaire de cette matinée. Je passai ma main dans ses cheveux puis la serrai doucement contre moi afin de la rassurer. Nous étions épuisés et le simple effort de bouger les bras me coûta terriblement. Elle s'abandonna à mon étreinte pleine de tendresse et je la berçai pendant de longues minutes, sentant renaître en moi les ondes sourdes et brûlantes d'un désir sauvage que je parvenais toutefois à contenir avec l'appui de ma fatigue. Mon extase avait été si puissante que des spasmes discrets me secouaient encore de temps à autre. À chaque fois, de nouveaux fourmillements naissaient dans mes membres et mes oreilles se remettaient à bourdonner. Sentant le corps de Sarah qui tressautait également à intervalles réguliers, je constatai qu'elle était la proie d'un phénomène identique.

Il nous fallut près d'une heure pour nous remettre de ce débordement dont la durée n'avait sans doute pas dépassé la minute. Nous avions été les jouets d'un phénomène dont mon esprit saturé ne parvenait pas à déterminer l'origine, et j'hésitais à reconduire l'exploration du mur et de son curieux mécanisme, ne sachant si elle avait un lien quelconque avec ce qui était advenu ensuite.

Il m'était toutefois impossible de rester plus longtemps inactif et je demandai son aide à Sarah afin de réactiver les sources lumineuses que nous avions découvertes. Elle se releva avec moi et nous reprîmes nos positions face au mur de plexiglas. Alors que je cherchai son regard pour que nous synchronisions nos gestes, elle m'adressa un pauvre sourire navré et me lança :

— Ce n'était pas moi… J'ai l'impression de vivre un cauchemar.

Cette idée m'avait déjà traversé l'esprit. Mais quelque chose ne collait pas.

À défaut d'être logiques, mes rêves étaient toujours conduits par le fil d'un état d'âme évoluant d'une scène à l'autre. Rien de tel dans ce qui m'arrivait depuis ce matin : j'étais sans cesse bousculé d'un état émotionnel à l'autre sans pouvoir identifier le moindre lien entre eux. Tout se passait comme si j'étais *vraiment* en train de vivre les épisodes improbables que ces lieux étranges me proposaient. Faute d'une meilleure hypothèse, je me raccrochai à celle-là.

Nous venions de replacer nos mains sur les bonnes positions et l'arche de lumière réapparut, dévoilant les motifs complexes que j'avais déjà repérés la première fois. Je reconnus quelques runes antiques[5] : *fehu, mannaz, jera* et *berkanan*, mais d'autres symboles m'étaient totalement inconnus. Chacun d'eux était richement enluminé par des fioritures.

Mon œil les parcourut rapidement et je ressentis comme un déclic dans les tréfonds inexplorés de mon subconscient. Je compris aussitôt ce qu'il convenait de faire, sans avoir la moindre idée de l'origine de cette connaissance. Je posai mes paumes sur certains de ces motifs, puis sur d'autres, dans un ballet qui échappait absolument à ma maîtrise. Au bout de quelques instants, une partie de la paroi se détacha du reste de la surface et disparut dans le sol. Nous étions libres.

Sarah me regardait avec étonnement. Ma capacité inattendue à résoudre l'énigme posée par le mécanisme de la paroi ne pouvait qu'éveiller de lourds

---

5 Rune : caractères dont se servaient les Scandinaves, et que l'on trouve gravés sur des rochers, sur des pierres, au Danemark, en Suède, en Norvège.

soupçons chez elle. Loin de chercher à la rassurer – et sans savoir d'où me venait cette impulsion cynique – je lui dis simplement :

— Ce moment fut délicieux.

J'imagine qu'elle dut se sentir perdue et trahie. Toujours est-il qu'elle eut visiblement envie de prendre ses distances avec moi et qu'elle s'engagea la première dans le couloir qui venait de s'ouvrir devant nous.

C'est cet enchaînement de circonstances qui me sauva la vie.

L'obscurité du conduit contrastait avec le blanc aveuglant de notre prison précédente. Plus nous progressions et plus la lumière se faisait grise et terne. Dans le même temps, des miasmes putrides imprégnaient l'atmosphère confinée dans laquelle nous avancions. Le couloir se terminait sur une pièce obscure dont je ne parvenais pas à deviner les détails, le corps de Sarah faisant obstacle à ma vue.

Elle venait de franchir le seuil de cette pièce, laissant une puanteur inconcevable assaillir mes narines, lorsqu'elle s'immobilisa en émettant un borborygme étrange.

Un objet métallique pointu émergea de son dos.

Je m'arrêtai net, sans parvenir à éviter une fine giclée de liquide poisseux. Deux longues secondes s'écoulèrent sans que les choses n'évoluent. Je réalisai alors que ma compagne venait de se faire embrocher par quelque chose ou quelqu'un qui se trouvait à l'entrée de la salle. Lorsque son corps s'affaissa en direction de son assaillant, je reconnus à grand-peine Lord Byron, tant il était couvert de sang. Il eut une affreuse expression de surprise en découvrant ma présence, masquée jusque-là par le corps de la jeune femme.

Il s'accrochait frénétiquement à la poignée de ce qui ressemblait à un sabre, la lame toujours plongée dans la poitrine de Sarah. Le corps de cette dernière finit de basculer en entraînant Byron dans son mouvement.

Jaillissant enfin du couloir dont ce mouvement libérait l'orifice, je me ruai sur le meurtrier en espérant le projeter contre le mur de pierres brutes que je devinais tout proche dans la pénombre. Je trébuchai sur les jambes de Sarah qui barraient mon chemin, mais cela ne donna que plus de violence à cet assaut. Mon épaule heurta son torse avec brutalité, vidant ses poumons dans un étrange hoquet comique. Déséquilibré par ses efforts pour récupérer le sabre, Byron partit en arrière dans une sorte de pirouette qui s'acheva par un choc sourd accompagné d'un ignoble bruit sec. Sa tête venait de heurter le mur de pierre et il s'affaissa sans autre formalité.

En pénétrant dans cette salle, j'avais eu le sentiment de plonger dans un puits de ténèbres. Mon regard s'accoutuma cependant à la pénombre et me révéla bientôt un spectacle d'une horreur innommable.

Nous étions dans ce qui ressemblait à une crypte dont le sol était jonché de cadavres. Je me tournai d'abord vers celui de la pauvre Sarah qui reposait à mes pieds. La lame du sabre avait tranché la ficelle de son maillot de bain, découvrant deux seins au galbe merveilleux qui encadraient l'arme toujours fichée en elle. Je ne crois pas avoir jamais contemplé de spectacle plus obscène que celui de ce corps parfait, gisant dans son propre sang. Sans espoir, je posai mes doigts dans le creux de son cou à la recherche de son pouls. Mais le sabre l'avait saisie en plein cœur et la vie l'avait probablement quittée dans l'instant même de son agression. Je caressais une dernière fois ses cheveux et son visage inanimé, lorsqu'un spasme violent me secoua. Me détournant aussitôt, je vomis à plusieurs reprises, non loin du corps de Byron. Les spasmes me venaient en un rythme régulier et ne semblaient pas vouloir cesser. À chaque nouveau soubresaut de mon corps, une chaleur intense me montait au visage, brûlant sur son passage les pensées et les émotions que je portais en moi.

Dieu sait comment je parvins à rétablir l'ordre de mes pensées, et comment je trouvai la volonté de me remettre debout. J'ai d'abord longuement pleuré en exhalant des sanglots rauques qui faisaient vibrer ma poitrine. Puis un calme inattendu m'a submergé, inondant mon ventre comme de l'eau tiède.

C'est dans un état second, avec un étrange détachement inhumain, que je repris l'exploration de la crypte pour tenter de reconstituer ce qui s'était passé là.

Il y avait au moins une dizaine de corps étendus sur le sol. Étrangement indifférent, je tentais d'identifier les visages qui n'étaient pas trop mutilés ou recouverts de sang et de sécrétions. La pestilence était affreuse et donnait à l'air une substance épaisse.

Je reconnus Lin Liu dont le corps éventré enlaçait grotesquement celui de Matthiew Campberg. La tête décapitée de Douglas-Masterson avait roulé dans le creux du bras de Jessica Abriossen et reposait là dans une expression apaisée, comme s'il s'y était doucement endormi. Attiré par une pulsion morbide, je m'approchai et remarquai par hasard, sur le poignet de Jessica qui encadrait ce visage, la présence d'un symbole, ou plutôt d'une rune, qui me rappelait avec certitude les motifs muraux de la salle de plexiglas. Je le détaillai avec curiosité, ne sachant comment interpréter cette étrange similitude.

La scène était figée dans une immobilité parfaite. Mais les postures des corps, et les scénarios mortels qu'elles évoquaient laissaient deviner la violence inouïe que ces lieux avaient connue. Il n'y avait rien d'humain dans la façon dont Byron avait perpétré ce massacre. Sans doute avait-il été emporté par une passion animale comparable à celle de mon étreinte sauvage avec Sarah. Ces lieux maudits avaient exercé une force maléfique sur nos psychismes, et je compris qu'il me faudrait avoir peur de tout, y compris de moi-même, tant que je resterais soumis à leur influence. J'examinai tous les corps en m'arrêtant sur les poignets gauches des victimes. Chacun d'eux était gravé d'une rune bien particulière, mais participant toujours du même style de représentation. Il s'agissait là d'un nouveau mystère imperméable à ma raison.

Le fond de la crypte formait une sorte d'alcôve à l'architecture complexe. En m'approchant pour l'examiner, je constatai que l'un des flancs de cette niche donnait sur un nouveau couloir chichement éclairé. J'abandonnai aussitôt mon examen de la salle et m'engouffrai dans ce passage à la recherche d'air frais et de solitude.

J'étais épuisé, déstabilisé et confus à un point qu'il serait impossible de décrire. La crise de spasmes dont j'avais été victime quelques minutes auparavant avait fortement affaibli mon organisme, l'amenant au bord de la rupture. J'avançais dans le couloir qui s'élargissait peu à peu et me dispensait un air frais que j'aspirais à grandes goulées. Je respirais si fort, cherchant à expulser les derniers miasmes de puanteur, que je fus bientôt en état de suroxygénation. La tête me tourna et je dus m'adosser à la paroi pour me laisser glisser jusqu'au sol afin de reprendre des forces.

Cette forme d'abandon me fut salutaire. J'y trouvais enfin quelques instants de calme, sans que rien de violent ou d'inexplicable vienne encore chavirer mon équilibre. Bien après que mon corps eut recouvré ses forces, je restais prostré dans ce couloir désert dont la quiétude était un don divin.

J'avais horriblement soif. Mais hormis cet inconfort mineur, je réalisai que j'avais traversé tous ces événements sans subir la moindre écorchure. J'étais le piteux survivant d'un massacre barbare dont je ne portais pas la moindre trace, excepté les rares gouttes de sang qui avaient jailli sur moi, lors du meurtre de Sarah.

Tâtant mes poches à la recherche d'un objet quelconque sur lequel focaliser ma pensée, j'y trouvai une pièce de monnaie que je fis rouler entre mes doigts, m'essayant à des exercices de plus en plus complexes. Compte tenu de ma fébrilité et des tremblements irrépressibles qui me secouaient les mains, je fus surpris par l'agilité dont j'étais encore capable et par les performances que je réalisais. La pièce roulait si vite que mes yeux peinaient à suivre son mouvement.

Mon attention fut détournée de ce jeu puéril par un bruit sourd qui provenait d'un endroit situé bien au-dessus de moi. Sous l'effet de la surprise, la pièce m'échappa des doigts. Alors que je m'attendais à l'entendre rouler sur le sol, je fus stupéfait de la sentir *à nouveau* dans ma main. Curieux de voir ce qui se produirait, je la plaçai entre mon pouce et mon index, retournai ma main et écartai volontairement les doigts. Elle chut de quelques centimètres puis se stabilisa un instant en l'air avant de rejoindre ma paume dans un *mouvement ascendant*.

Je sentais confusément que ce phénomène était en lien avec ma volonté. Je replaçai donc la pièce sur le dos de ma main et focalisai ma pensée sur elle, lui ordonnant de s'élever et de se mettre à tournoyer sur elle-même. Elle m'obéit docilement, exécutant au millimètre chacun des mouvements suggérés.

Cette découverte fit resurgir le souvenir de plusieurs anecdotes survenues au cours des dernières vingt-quatre heures.

Je repensai bien entendu à l'étrange numéro d'illusionniste sur la place de la résidence, la veille au soir, et au trouble qui avait saisi Byron lorsqu'il avait assisté à son exécution. Je revis l'air effaré du jongleur qui lévitait sur sa sphère minuscule. J'avais supposé qu'il jouait la comédie de la surprise, face à une situation prévue d'avance. Mais à la réflexion, son étonnement était peut-être sincère… Était-ce moi qui avais dirigé les mouvements des blocs tournoyants pour les assembler en un mur compact ?

J'étais bouleversé par cette idée. Ma logique poursuivit pourtant son œuvre.

Elle m'obligea à me remémorer le moment où j'avais découvert les dépressions ovoïdes dans le mur de plexiglas. Je venais de repérer la deuxième d'entre elles lorsque Sarah s'était exclamée : « Étrange, c'est l'endroit où j'étais juste à l'instant et je n'ai rien remarqué ! » Se pouvait-il que ces dépressions soient nées de ma volonté ? Avais-je ordonné au plexiglas de se « plier » à mes désirs ?

Je laissai là ces hypothèses et approchai les mains du mur qui me faisait face. La lumière verticale révélait les surfaces d'une façon très lisible. Je décidai de me livrer à une expérience dont je *devais* connaître l'issue. Tremblant à l'avance, je posai la main droite sur le mur et lui ordonnai mentalement de s'incurver sous elle. Une dépression ovoïde apparut aussitôt sous ma paume et je m'agenouillai, saisi d'effroi.

Profitant du choc de cette révélation, ma logique reprit le dessus et continua son impitoyable travail de sape. Étais-je seulement capable de commander à la matière ? ou avais-je également une part de responsabilité dans les actes affreux qui s'étaient commis aujourd'hui ? J'étais incapable de revenir sur l'horreur de la salle de pierre, mais l'étrange coït que j'avais partagé avec Sarah occupait à présent mon esprit. La vue de son corps presque nu avait éveillé mon désir animal, lorsque je l'avais découverte, allongée à mes côtés dans la salle de plexiglas. La scène torride que nous avions vécue ne coïncidait que trop bien avec cette pulsion.

Avais-je eu le pouvoir de dicter ses actes à Sarah ?

Lui avais-je insufflé son désir par la force ? L'avais-je en quelque sorte *violée* par ce procédé pour le moins extraordinaire ?

L'horreur de cette éventualité me fit frémir de dégoût, menaçant de faire resurgir les nausées qui m'avaient tant affaibli dans la crypte. Je m'imposai une respiration lente et profonde.

J'étais encore troublé, mais un semblant de santé morale renaissait lentement en moi. Après m'avoir suggéré tant de pénibles pensées, la logique vint enfin à mon secours. Pourquoi serais-je soudainement devenu un monstre pervers ?

Certes, je venais de me découvrir un pouvoir extraordinaire sur la matière. Mais rien n'indiquait d'où il provenait. S'il était dû à ce lieu, je n'avais peut-être pas été le seul à en bénéficier. Pourquoi m'attribuer toutes les responsabilités ? Sarah avait peut-être bénéficié des mêmes pouvoirs. C'est elle qui m'avait littéralement sauté dessus dans la salle de plexiglas. Ne m'avait-elle pas manipulé afin d'amplifier mes pulsions animales ?

Vaguement apaisé par cette hypothèse, je pus enfin mettre un terme à mes réflexions. Mon corps en profita pour manifester son inconfort : une soif insupportable me taraudait et mon estomac protestait du traitement violent que les nausées lui avaient fait subir.

Qui sait depuis combien de temps j'étais accroupi dans ce couloir et à combien d'heures remontait mon petit-déjeuner ?

Je décidai de mettre mes nouveaux pouvoirs à l'épreuve.

Je commençai par réaménager le soupirail en repoussant ses parois afin de créer une vaste salle arrondie. Je fis surgir une table du sol à laquelle je n'oubliai pas d'ajouter une chaise confortable. J'étais évidemment fébrile de constater la facilité avec laquelle je menais toutes ces opérations, et stupéfait du silence irréel dans lequel elles s'effectuaient.

Je murai les deux extrémités visibles du couloir, souhaitant interdire toute intrusion. Puis je me concentrai sur la surface de la table afin d'y faire surgir une carafe d'eau et les mets de mon choix. Tout se déroula à merveille et j'admirai bientôt un dîner somptueux dont la richesse et la diversité n'avaient été limitées que par mon imagination. Il était certainement indécent de consacrer une telle attention aux plaisirs de la table après les drames affreux survenus dans la journée. Mais je ne pouvais m'empêcher de tester l'étendue de mes pouvoirs et je goûtai les mets que j'avais élaborés avec la plus extrême attention, afin de vérifier si j'avais su y insuffler les saveurs et les textures que j'avais imaginées pour eux. Force fut de constater qu'ils correspondaient parfaitement à mes attentes et je m'avérai

même capable de synthétiser un Mouton Rothschild
Pauillac qui n'avait strictement rien à envier au souvenir que j'en avais.

Je sombrai bientôt dans une somnolence que troublaient à peine quelques réminiscences de cette terrible journée. Déjà presque assoupi, je transformai à nouveau la salle pour en faire une chambre de dimensions plus modestes, et je m'allongeai dans un lit confortable, recouvert de soie sauvage, pour m'y endormir aussitôt.

J'ai le sommeil lourd.

Je m'éveillai dans un environnement bien différent de celui que j'avais façonné au moment de m'endormir. Ma chambre dépouillée adoptait à présent un relief des plus torturés : aucun mur n'était plus droit ni lisse, et j'observai de nombreuses cavités, boursouflures et excroissances, qui m'évoquaient les formes des créatures fantasmatiques que mon imaginaire onirique avait engendrées au cours de la nuit.

Ainsi donc, la puissance créatrice dont mon esprit était nouvellement doté continuait à s'exprimer – d'une façon qui semblait fort heureusement contenue – en dehors de mes heures de conscience. Il y avait là quelque chose d'angoissant, un danger potentiel incalculable.

Malgré les horribles événements que j'avais connus la veille, ma nuit s'était avérée assez calme. Mes rêves, pour ceux dont il me restait souvenir, n'avaient rien eu que de très ordinaire.

Qu'adviendrait-il, si mes nuits se peuplaient de cauchemars ? Qu'adviendrait-il, si mon imaginaire, libéré du recul de la conscience, se mettait à concevoir une Némésis aveugle ? Allais-je un jour me réveiller au milieu de flammes et de tremblements de terre ? Ou encore de glaces polaires, d'océans déchaînés, de nuées d'insectes carnivores ?

Même si je parvenais à rejoindre la surface et la civilisation, comment allais-je préserver mes proches et le reste de l'humanité des fantaisies morbides qui animaient parfois mes rêves ?

Alors que je me voyais doté de la puissance d'un dieu, je réalisai quelle abjecte malédiction cela pouvait représenter. Oserais-je encore partager mes nuits avec quelqu'un dont l'existence risquait d'être soufflée au premier de mes songes ? Et à quoi bon vivre, quelle sorte de *don* m'avait-on octroyé, s'il me privait des joies simples et profondes de l'amour ?

Il me restait à prier pour que tout cela ne soit que temporaire. J'osais croire que ce détestable pouvoir s'évanouirait aussitôt que je quitterais ces lieux maudits.

Je jure qu'à cet instant, je ne désirais rien d'autre que de redevenir l'homme ordinaire que j'avais toujours été. Mon vœu le plus cher était de retrouver le rythme ennuyeux et rassurant de mes occupations d'écrivain. Il me fallait sortir d'ici et mettre un terme à cette folie.

Mais où étais-je au juste ?

Lors de mon parcours pour rejoindre Byron, le caddy qui me conduisait s'était enfoncé à une profondeur considérable dans les tréfonds de l'île. Quelques instants plus tard, et alors que je me retrouvai brutalement projeté dans la salle de plexiglas, j'avais retrouvé Sarah qui provenait tout droit des abords de la piscine située en surface. L'un de nous deux – au moins – avait donc franchi une vaste distance de terre et de rocailles en l'espace d'un instant.

J'étais pourtant convaincu d'être encore sous terre. Le silence absolu, l'absence totale de luminosité naturelle, l'odeur de l'air, l'énergie sourde qui émanait des parois et que je ne pouvais qu'attribuer à des forces telluriques profondes… tout concordait pour renforcer cette conviction. Je me remémorai également le choc lointain qui provenait d'une zone située au-dessus de moi et que j'avais perçu la veille, alors que je me livrais à mes expériences avec la pièce de monnaie. C'était un indice de plus.

J'étais sans doute capable de percer un tunnel à la verticale afin d'ouvrir mon espace, aussi profond qu'il put être, à la lumière du jour. Mais comment allais-je ensuite emprunter ce tunnel ascendant qui risquait de faire près d'un kilomètre de long ? Ma pensée, troublée par la profusion de données qu'elle devait manipuler, ne trouva pas de solution immédiate à cette difficulté. J'ignorais si j'étais en mesure de créer un véhicule ou l'équivalent d'un ascenseur capable de m'emporter d'ici. Cela impliquait la mise en œuvre d'une force motrice quelconque, électrique ou autre, et mes connaissances en physique me semblaient trop pauvres pour accomplir cette prouesse.

Las de me torturer les méninges, j'utilisai les compétences que je maîtrisais sans peine et dégageai l'extrémité inexplorée du couloir que j'avais condamné la veille, afin de voir où il menait. Abandonnant ma chambre monstrueusement déformée par le produit de mes rêves, je repris l'exploration de ma prison, espérant que les découvertes à venir seraient moins pénibles que celles de la veille.

Après quatre à six cents mètres d'une monotonie désespérante, je constatai que le couloir débouchait dans une zone mieux éclairée. Il y desservait un grand nombre de chambres à moitié vides, comme abandonnées à la hâte. Des effets personnels et des literies complètes demeuraient dans certaines d'entre elles.

L'aspect rêche des couvertures et le style purement fonctionnel du mobilier évoquaient l'équipement d'un hôpital. Mais les objets épars qui traînaient çà et là avaient le style intemporel des équipements robustes et laids que l'on conçoit pour faire la guerre.

Comme je l'ai déjà exposé, l'air que je respirais transportait une odeur de renfermé et de filtres mal entretenus qui me donnait la conviction d'être dans un environnement conditionné. Cela expliquait sans doute que peu de traces de poussière soient présentes sur les objets que j'examinais. Par ailleurs, certains éléments semblaient démontrer que personne n'avait visité ces lieux depuis plusieurs décennies : les sous-vêtements qui se mêlaient aux autres effets étaient incroyablement disgracieux et m'évoquaient ceux que j'avais aperçus dans les films coquins des années cinquante. Je remarquai une montre au cadran brisé qui semblait tout droit sortie de la panoplie d'un aviateur de la Seconde Guerre mondiale. Tout ceci datait de plus d'un demi-siècle et le symbole de cette montre brisée était frappant, tant je ressentais l'impression de me promener dans une sphère oubliée du temps, ou dans une étrange photographie en trois dimensions que le moindre de mes gestes mettait en péril.

Les chambres se succédaient sans fin, laissant parfois la place à une salle commune, à de vastes douches, à des toilettes, à des vestiaires, ainsi qu'à ce qui avait sans doute été des salles d'armes ou de matériel logistique, dont plus rien ne subsistait. Les militaires qui avaient vécu là étaient partis si précipitamment qu'ils en avaient oublié leurs caleçons, mais ils n'avaient rien laissé traîner de leurs armes.

Je venais de passer par une vaste cuisine dont les robustes éléments m'avaient fasciné, et j'arrivai tout juste dans une salle de réfectoire, lorsqu'un objet lourd vint frapper l'arrière de mon crâne et me projeta au sol. Je n'eus pas le temps de me demander ce qui venait de se passer : une masse gigotante atterrit sur mon dos et je sentis que l'on m'attrapait les poignets pour les lier ensemble. Mon agresseur me saisit alors violemment par l'aisselle, me remit debout et me poussa fermement vers la cuisine que je venais de quitter. En passant ma tête par-dessus l'épaule, je reconnus le visage de Berkham qu'animait un pénible mélange de peur et d'excitation. Il faisait son possible pour éviter mon regard.

Bien qu'un peu secoué, je demeurais calme. Cette nouvelle situation ne me gênait qu'en raison d'une vive douleur à la tête. Pour le reste, je savais que je pourrais délier mes poignets dès que j'en aurais le désir, et qu'il me suffirait d'imaginer le corps de Berkham projeté contre un mur ou un pilier pour qu'il se retrouve aussitôt hors d'état de nuire.

Même si Berkham venait de me frapper, je pressentais qu'il avait agi dans le but de se protéger plutôt que dans celui de me faire du mal. Compte tenu de la méthode rudimentaire qu'il avait employée pour m'immobiliser, il était évident qu'il ne jouissait pas de mes facultés kinesthésiques. Cela en faisait un adversaire inoffensif.

Après les heures de solitude que je venais de traverser, cette péripétie représentait l'occasion d'en savoir plus sur mon environnement. Je le laissai me ligoter à la porte métallique d'un garde-manger et attendis qu'il prenne la parole pour découvrir ses intentions.

Il transpirait à grosses gouttes. En le voyant sujet à tant de nervosité, j'avais du mal à reconnaître la personne distinguée et pleine de maîtrise qui nous avait accueillis à la descente de l'avion.

— Depuis combien de temps êtes-vous là ? commença-t-il.

— Depuis hier, je pense… Mais je peux me tromper : je n'ai aucun repère.

— Vous êtes seul ?

— Oui. Il y a eu un massacre horrible dans une salle située à environ un kilomètre au bout de ce couloir. Byron a assassiné une bonne dizaine de personnes…

Et dans un accès d'émotion qui me fit baisser la voix, j'ajoutai :

— Il a tué Sarah !

Berkham hocha simplement la tête sans manifester de surprise.

— Où est-il maintenant ?

— Je suppose… qu'il est mort aussi. J'ai réussi à le projeter contre un mur et sa tête a heurté une pierre.

— Vous… vous… supposez ? explosa soudain mon agresseur. Vous n'êtes pas sûr qu'il soit mort ?!

Je réalisai alors qu'en effet, à aucun moment, je n'avais pris la peine d'examiner le pouls de Byron. Il était peut-être toujours en vie dans sa crypte maudite. Je repensai toutefois à la partie du couloir que j'avais obturée avant de prendre mon repas et tentai de rassurer Berkham.

— Non… je n'en suis pas sûr. Mais nous ne risquons rien : le passage entre lui et nous est condamné. Il ne peut pas nous rejoindre.

— Condamné par quoi ?

Je ne souhaitais évidemment pas le mettre au courant des facultés que je m'étais découvertes. J'improvisai un mensonge :

— Par un éboulement. J'ai à peine eu le temps de m'enfuir quand toute une partie du couloir s'est effondrée.

— Ça ne suffira pas ! Si j'en crois ses théories, il… il possède des pouvoirs dont vous n'avez pas idée !

Par ces quelques mots, Berkham suscita en moi un mélange de peur et d'apaisement : il me confirmait que je n'étais pas seul à bénéficier des pouvoirs maudits que l'on m'avait accordés. La responsabilité du massacre de la veille ne me revenait sans doute pas. Mais il m'apprenait aussi à quel point Byron était dangereux. Il aurait pu me surprendre et me tuer dans mon sommeil, alors que je me croyais protégé dans ma salle close. Je souhaitai ardemment qu'il ait succombé à notre affrontement.

Quoi qu'il en soit, je ne pouvais me contenter de la réponse de mon agresseur. Je n'étais pas censé être au courant de ce qu'il venait d'évoquer, et je demandai d'un air plein d'une surprise que j'espérai crédible :

— Des pouvoirs? Quelle sorte de pouvoirs? De quelles théories parlez-vous?

— C'est une longue histoire…

— Eh bien, grâce à vos bons soins, je suis confortablement ligoté à la porte d'un garde-manger, et ma tête me lance comme si je l'avais plongée dans un tonneau de braises. Je ne désire rien d'autre qu'une bonne histoire pour égayer encore davantage ce moment savoureux.

Je ne sais pas ce que Berkham attendait exactement de moi à ce moment-là. Il se lança dans son récit en guettant chacune de mes réactions.

— Savez-vous ce que signifie le nom de notre île?

— Koha Tapunui?

— Oui, Koha Tapunui. En polynésien, ça veut dire quelque chose comme « la terre du don sacré » ou « la terre interdite du don ». Cette île est taboue pour les Polynésiens, taboue depuis l'origine des temps. La légende raconte qu'Ariitaia, un guerrier plus téméraire que les autres, décida un jour de venir l'explorer. Le peuple de Polynésie habitait alors Taiahawaiki, « l'île immense », une terre mythique située au milieu du Pacifique qui semble correspondre à notre légende de Mu, le continent perdu. Si cela est vrai, vous comprenez à quel point cette légende est ancienne…

Arriitaia quitta le continent seul, à bord d'une pirogue. On n'entendit plus parler de lui pendant tout un cycle de lune. Puis l'on aperçut un cyclone monstrueux qui avait pris naissance au-dessus de Koha Tapunui. Selon la légende – et vous savez sans doute comme il est difficile de les interpréter – Ariitaia avait offensé les dieux. Il s'était accouplé avec Féfafa, la déesse de la Terre, et avait ainsi engendré son *Namôtu'u*, son jumeau sombre, son Mr Hyde, si vous préférez.

Les dieux le punirent en le faisant périr dans la tempête, mais ils ne purent rien faire contre son double, son *Namôtu'u*, car c'était un demi-dieu. Cette créature monstrueuse fut baptisée plus tard de nombreux noms. Certains l'appellent *Téva Manatini*, ce qu'on peut traduire par : « le dieu né d'une tempête », mais il est intéressant de noter que *Manatini* signifie en fait : « doté de nombreux pouvoirs ». D'autres le nomment *Riritaiâ* ou encore *Ririroa* : « la grande crainte » ou « la grande colère ».

Quoi qu'il en soit, le peuple d'origine traversa alors des heures sombres. Les pouvoirs de Ririroa semblaient illimités et il n'avait de cesse de les exercer contre les hommes et les femmes de ce peuple qui ne savaient comment s'y soustraire. La plupart émigrèrent, et se dispersèrent dans le Pacifique.

Pour finir, Ririroa décida d'exterminer tous les hommes, et il provoqua un immense cataclysme qui engloutit entièrement le continent de Mu. Mais l'île maudite de Koha Tapunui était toujours à la surface des flots, car Ririroa n'avait pas osé s'en prendre à la demeure de sa mère, Féfafa, qui habite son sous-sol.

L'histoire ne dit pas ce qu'il advint ensuite de ce double maléfique. Peut-être a-t-il péri dans le cataclysme qu'il avait lui-même déclenché. Peut-être a-t-il enfin été apaisé par cette destruction. Certains disent qu'il était épuisé et qu'il s'est endormi au fond de l'océan, craignant le jour où il se réveillera et poursuivra tous ceux qui ont échappé à sa colère. Ce serait pour exprimer leur soumission et se protéger de la colère de Ririroa que les habitants de l'île de Pâques ont érigé leurs statues de pierre noire, leurs *moaïs*, qui forment un rempart contre l'océan. Elles représentent le dédoublement de Ririroa, le *Namôtu'u*, le « jumeau sombre ».

Berkham s'interrompit à ce stade de son récit. La légende qu'il me contait éveillait ma curiosité. Mais je ne voyais pas pour quelle raison il me l'exposait ni quel rapport cela pouvait avoir avec Lord Byron. Je le laissai toutefois reprendre son souffle, sachant que le silence est toujours la meilleure des invitations aux confidences. Il sembla deviner mes pensées, car il me lança un sourire un peu amer et reprit :

— Ce que je vous raconte n'est pas qu'un ramassis de croyances primitives. Je sais que vous allez me prendre pour un malade, mais je suis convaincu que tout ça comporte une part de vérité. Féfafa, la déesse de la Terre habite toujours cette île maudite sur laquelle nous n'aurions jamais dû poser le pied. C'est une puissance monstrueuse qui cherche à s'accoupler avec des hommes pour engendrer de nouveaux demi-dieux, de nouveaux *Manatinis*, et j'ai bien peur qu'elle y soit parvenue.

J'ai croisé Byron dans ces couloirs avant vous, et à part son apparence physique, il n'avait plus rien du Lord Byron que je connais et avec lequel je travaille depuis des années. C'est devenu un monstre destructeur d'une puissance inimaginable ! Je l'ai vu perpétrer un massacre du même genre que celui que vous m'avez décrit et auquel j'ai échappé par le plus grand des hasards. Il ne semblait aucunement ému par les morts qu'il accumulait autour de lui. Je suis convaincu qu'il est parvenu à mettre en œuvre les théories diaboliques qui étaient les siennes depuis tant d'années. C'est à présent un *Manatini* tout puissant. Il porte la marque…

Berkham partit alors dans une sorte de rêverie et je dus le relancer :

— La marque ? Que voulez-vous dire ?

— Regardez, me dit-il simplement en me montrant son poignet gauche.

Il comportait une rune semblable à celles que j'avais observées sur les corps de la crypte.

— Et regardez, me dit-il encore, en me désignant mon propre poignet gauche.

Mes liens m'empêchaient de porter mon poignet à mon visage, mais en me tordant le cou et en faisant pivoter mon avant-bras, je parvins à constater qu'il portait également l'un de ces symboles obscurs. J'étais abasourdi. Après avoir constaté la présence de ces marques sur les cadavres de la salle de pierre, je n'avais pas songé un instant à vérifier si j'en portais une moi-même.

— Qu'est-ce que ça veut dire ? demandai-je d'une voix étranglée par la surprise.

— Je ne suis pas sûr. Peut-être que nous sommes nous-mêmes des doubles, des jumeaux sombres, des *Namôtu'u.*

— C'est ridicule ! Nous n'avons pas de pouvoirs ! dis-je en partant d'un rire nerveux.

— Je ne sais pas.

Il accompagna cette dernière déclaration d'un regard insistant, comme s'il tentait de me percer à jour, puis secoua la tête et murmura encore une fois d'un air désolé :

— Je ne sais pas. Tout ce que je vous ai expliqué, je le tiens de Byron lui-même. À l'époque où il m'a raconté ça, j'ai d'abord pensé qu'il ne s'agissait que de l'une de ses fantaisies personnelles. Vous savez à quel point son imagination est fertile.

— C'est un génie.

— Sans aucun doute, mais concernant cette histoire, j'ai pu vérifier par la suite qu'elle ne sortait pas de son imagination. Elle repose sur des légendes « réelles », si je puis dire, des légendes qui l'obsèdent littéralement. Il ne cesse d'élaborer de nouvelles théories et si j'ai bien compris ce qu'il m'expliquait ces derniers temps, il semblerait que l'union de Féfafa avec un humain ne soit pas toujours fertile. Je ne sais exactement quelle particularité le géniteur doit avoir, mais je suppose qu'il s'agit tout simplement d'une sorte de compatibilité avec la force de la Terre. Byron recherche un signe, l'expression de cette compatibilité, chez chacun des invités qu'il fait venir sur l'île. Aussi insensé que cela puisse vous paraître, je crois qu'il ne vous a conviés, vous et tous les autres, que dans le but de dénicher l'*élu*, l'humain particulier qui pouvait épouser Féfafa et lui offrir un fils aux pouvoirs monstrueux.

— Pardonnez-moi, Berkham, mais… tout ça est absurde. À aucun moment, Lord Byron ne m'a donné l'impression d'être fou à ce point. Je ne parle pas des meurtres horribles qu'il a commis hier, bien entendu… Je parle du Lord Byron qui nous a reçus, de Lord Byron, l'auteur célèbre qui a la tête suffisamment vissée sur les épaules pour avoir construit une carrière littéraire exemplaire et pour en avoir tiré une fortune phénoménale.

— Nous parlons du même, Ankhur. Mais tout homme a son jardin secret. Je fréquente Byron depuis des années et je vous assure qu'il caresse les idées insensées dont je vous parle.

— Admettons. Où est-ce que ça nous mène ?

— Vous m'en demandez trop. Je ne suis pas écrivain moi-même… mon imagination est limitée. Je me dis simplement que je suis peut-être... que nous sommes peut-être des sous-produits de cette étrange forme de procréation...

— Vous voulez dire que vous n'êtes pas réellement Berkham ? Que je ne suis pas réellement Ankhur ? Et que – puisque nous ne sommes pas pour autant des demi-dieux – nous serions en quelque sorte des *résidus de fausse couche* ?

— J'ignore tout, en ce qui vous concerne. Ce que je sais, c'est que je ne suis pas doté de pouvoir particulier. Mais je sais aussi que nous portons tous deux la marque ! rappela mon interlocuteur. Tout comme le Byron meurtrier que nous avons croisé hier. Et ce que je sais enfin, c'est que Byron était particulièrement surexcité lors de la soirée d'avant-hier, alors que vous veniez d'arriver. Il m'a reparlé de l'*élu* et je crois qu'il s'imaginait avoir enfin trouvé son oiseau rare : *vous* !

Il me lança un regard plein d'effroi, puis se tut enfin. Je profitai de ce silence pour tenter de mettre de l'ordre dans mes idées. Ses paroles me dérangeaient. J'en avais assez de cet exposé. Un rire nerveux me menaça alors que je réalisai la portée de ce qu'il avait évoqué.

J'avais bien entendu gardé pour moi les découvertes phénoménales que j'avais faites la veille à mon propre sujet. Je devais continuer à jouer mon rôle, si je voulais en apprendre un peu plus de sa part. Je l'interpellai avec douceur :

— Mon cher Berkham... vous me parlez depuis tout à l'heure des théories invraisemblables de Lord Byron... mais vous devez comprendre que je n'ai pas le plus petit début de preuve concernant ce que vous me racontez. Je ne demande qu'à vous croire… mais pour le moment tout ce que je constate c'est que vous m'avez agressé, puis ligoté et que vous me débitez une histoire sans queue ni tête depuis plus d'une demi-heure. Une histoire que vous mettez sur le dos d'un autre… mais que j'entends de votre bouche. Ne le prenez pas mal, mais les seuls éléments tangibles que j'aie en ma possession sont représentés par la présence d'une marque inexplicable que nous portons au poignet gauche, ainsi que par la folie meurtrière que j'ai moi-même constatée chez Byron hier. C'est plutôt maigre pour donner foi à vos théories démentielles.

— Byron a des pouvoirs ! martela-t-il d'un ton désespéré.

— Vous me l'avez dit. Mais je n'ai rien constaté par moi-même et je ne suis même pas certain que vous en ayez la preuve absolue. J'ai réussi à le mettre hors d'état de nuire en lui assenant un coup d'épaule et en le projetant contre un mur. Je vous jure que je n'ai pas eu l'impression d'avoir affaire à un demi-dieu !

— Vous l'avez sans doute surpris. Il ne maîtrise pas encore ses pouvoirs. Il ne sait même pas de quoi il est capable…

Nous étions dans une sorte d'impasse. Je décidai de l'attaquer par un autre biais :

— Que savez-vous des installations militaires dans lesquelles nous sommes ?

— Elles datent de la Seconde Guerre mondiale, de la guerre contre les Japonais. Nous sommes dans un abri antiatomique destiné à servir de Q.G. à l'état-major américain.

— Rien que ça! m'exclamai-je. Pourquoi les Américains auraient-ils construit un abri antiatomique alors qu'ils étaient les seuls à posséder l'arme nucléaire?

— Ils n'en savaient rien. Les Allemands étaient également très avancés dans ce domaine de recherche. Il ne leur a sans doute manqué qu'une année ou deux avant d'avoir les moyens de détruire les États-Unis.

— Et pourquoi construire une base dans un endroit aussi isolé, en plein milieu de l'océan?

— Justement parce qu'il est au milieu de tout. Les Américains avaient déjà installé une base énorme sur l'île de Nouvelle-Calédonie, à l'est de l'Australie. Plus d'un million d'Américains ont transité par cette île au cours des dernières années de guerre[6]. Mais pour ce qui est de l'état-major, la Nouvelle-Calédonie était trop excentrée. Les communications de l'époque n'étaient pas fiables. La position centrale que nous occupons était le lieu parfait pour couvrir l'espace gigantesque que représente l'océan Pacifique.

— Je connais parfaitement l'histoire de la Nouvelle-Calédonie. Pourquoi n'ai-je jamais entendu parler de Koha Tapunui?

— Arrêtez de mettre mes paroles en doute! explosa Berkham. Nous sommes dans une base secrète! Je ne sais foutrement rien de la raison pour laquelle ils l'ont gardée secrète, ni comment Byron a réussi à négocier

---

6 Authentique.

l'autorisation de s'y installer. Je vous dis simplement ce que je sais !

J'eus alors le sentiment qu'il n'avait rien d'autre à m'apprendre. Il m'avait livré tous les éléments qu'il possédait au sujet de notre invraisemblable situation. Il avait joué franc-jeu, ne me cachant rien des raisons qui l'avaient amené à se méfier de moi. Il me sembla que je lui devais la même franchise en retour. J'ignorais ce qu'allait être sa réaction et je choisis d'aborder les choses avec douceur, même si les pouvoirs que je savais maîtriser annulaient a priori toute forme de risque pour moi.

Je décidai tout d'abord que ma position de prisonnier avait assez duré et que je devais ramener mon agresseur à un comportement plus aimable.

— Enlevez-moi ces liens, lui demandai-je.

— Pas question ! Je ne sais toujours pas à quoi m'en tenir en ce qui vous concerne.

— Oh, oui ! C'est vrai ! Vous me soupçonnez d'être un demi-dieu et vous vous dites qu'en m'attachant les poignets vous allez m'empêcher d'utiliser mes pouvoirs. C'est bien ça ?

Il ne répondit rien, mais je vis à son expression qu'il réalisait à quel point ses précautions étaient ridicules.

— Très bien, lâcha-t-il enfin. Vous avez raison, je suis certainement un imbécile.

Examinant les équipements de la cuisine, il finit par se saisir d'un couteau dont l'affût lui semblait encore correct et trancha mes liens. Lorsque je fus enfin libéré, il recula d'un pas, tenant toujours le couteau d'une main exsangue. Je constatai que son corps était agité d'un imperceptible tremblement. La nervosité qui l'avait habité au moment de notre échauffourée avait visiblement repris possession de lui.

Je pesai mes mots, essayant de lui dévoiler mon secret de la façon la plus neutre possible :

— Je veux être aussi honnête avec vous que vous l'avez été avec moi. Tout à l'heure, j'ai fait semblant de douter de votre histoire de *Manatini*. Mais en réalité… j'ai une excellente raison de vous croire.

Son corps se mit à trembler un peu plus, mais je compris qu'il ne voulait pas interpréter mes propos avant que je n'en aie fini.

— Après les scènes éprouvantes que j'ai vécues hier, je me suis mis à jouer avec une pièce de monnaie pour me calmer les nerfs. Je vais vous montrer ce qui est arrivé.

Berkham recula encore d'un petit pas pendant que je saisissais la pièce que j'avais toujours dans la poche et que je la posais au creux de ma paume. Je la fis s'élever de quelques centimètres au-dessus de ma main et tourner lentement sur elle-même devant mon interlocuteur médusé. Il recula cette fois-ci de deux pas, le visage décomposé, et commença à trembler d'une façon très nette.

— Restez calme, Berkham, lui dis-je. Comme vous le constatez vous-même, il ne s'agit que d'une pièce de monnaie.

Il me prit alors tout à fait au dépourvu en partant d'un rire hystérique. Entre deux hoquets crispants, il parvint tout de même à articuler :

— Juste une pièce de monnaie… Juste une pièce de monnaie… qui vole toute seule !

Puis ses pupilles se dilatèrent et dans un geste remarquablement précis – compte tenu de l'état d'excitation dans lequel il se trouvait – il retourna le couteau qu'il tenait toujours à la main et le projeta en direction de mon visage. D'une simple pensée, je déviai aussitôt la course de l'objet, puis tentai à nouveau de le raisonner :

— Berkham, restez calme ! Je ne vous veux aucun mal…

À mon grand soulagement, il tenta enfin d'obéir à mon injonction et s'imposa quelques respirations profondes qui ne parvinrent pas à faire cesser son tremblement.

— Ainsi, c'est vous ! reprit-il. Je soupçonnais Byron, mais en réalité, c'est vous ! Vous êtes un monstre et vous ne le savez même pas ! Vous n'avez pas idée de l'abomination que vous êtes !

Il se précipita sur la batterie de cuisine et se mit à lancer tout ce qui lui tombait sous la main dans ma direction : couteaux, casseroles et marmites devinrent autant d'armes exploitables à ses yeux. Je stoppais ces objets ou les faisais changer de trajectoire sans difficulté, mais chacune de mes actions décuplait sa fureur. Sans doute par réaction, je sentis également monter en moi une colère prégnante.

Je ne cessais de l'interpeller sur un ton toujours plus pressant, sans obtenir pour autant le moindre effet. Souhaitant alors créer chez lui une sorte d'électrochoc, je gonflai mes poumons pour hurler une dernière fois son nom de toutes mes forces.

Au moment où je lâchai ce cri, une violence intense inonda mon ventre et jaillit en flots jusqu'à la racine de mes cheveux. Comme si mon souffle était devenu une force compacte et palpable, le corps de mon agresseur fut propulsé vers l'arrière et s'écrasa sur l'armoire métallique située à plusieurs mètres derrière lui. L'armoire elle-même s'aplatit telle une boîte en carton. Elle s'enfonça profondément dans le mur qui se creusa pour mieux l'accueillir. Tout le contenu de la cuisine, meubles, frigidaires et table de cuisson incluse, se précipitèrent dans la même direction, la pièce entière semblant vouloir se refermer sur elle-même, autour de ce qui avait été Berkham.

Tout ce drame eut lieu en une fraction de seconde après laquelle personne n'aurait plus été en mesure d'identifier une cuisine de réfectoire en observant la salle totalement dévastée où je me trouvais.

Je tombai lourdement sur mes genoux puis basculai sur le côté où je me repliai en position de fœtus. Je demeurais ainsi plusieurs minutes, tétanisé par la peur. Comment décrire l'horreur que je ressentais face à ce qui venait de se produire ? Agité par de nouvelles vagues de nausées, je me repassais en boucle les dernières paroles du pauvre Berkham : *Vous n'avez pas idée de l'abomination que vous êtes.*

Longtemps après avoir repris mon souffle, longtemps après que ma panique se soit atténuée et qu'elle ait enfin laissé mon corps se déplier, je gardais en moi un intense sentiment de honte, de tristesse et de dégoût.

Je me remis pourtant debout et repris mon exploration des couloirs souterrains en titubant, sans plus savoir ce que je cherchais ni pourquoi je le cherchais.

La base semblait avoir été conçue pour héberger plusieurs centaines d'hommes. Je cessai bien vite de compter l'interminable succession de chambres, de bibliothèques, de salles de sport et de salles de logistique que je traversais. La plus grande partie du complexe n'était plus alimentée en électricité et je parcourus de grandes zones dans une obscurité totale en ne me reposant que sur mon ouïe et mon toucher pour en évaluer les dimensions et en découvrir les issues. Toutefois, l'organisation de cet ensemble prit peu à peu un sens à mes yeux et je réalisai qu'il avait été conçu sur le principe d'une distribution en étoile. Toutes les salles situées en périphérie étaient reliées entre elles par un interminable couloir circulaire. C'est ce couloir que j'avais parcouru jusqu'à ma rencontre avec Berkham. Si je voulais trouver une issue, il me fallait emprunter l'un des passages menant au centre du complexe qui était – je n'en doutais pas – l'immense dock que j'avais aperçu lors de mon arrivée en caddy.

J'eus la conviction que ce raisonnement était pertinent et que j'étais sur la bonne voie lorsque je constatai que les aménagements de confort gagnaient en luxe, puis laissaient place à ce qui ressemblait à des bureaux et à des salles de communication. Je parvins alors à une zone dont le style était en complète rupture avec tout ce que j'avais vu jusque-là.

Mon voyage dans le temps s'arrêtait à son seuil. Les murs ternes avaient été repeints en couleurs pastel bien plus joyeuses, et le sol de linoléum avait été entièrement recouvert d'un parquet flottant de bois clair qui conférait à cet endroit une ambiance informelle et luxueuse. Tout cela semblait récent. Je ralentis mon pas, convaincu que j'entrais dans un lieu où des occupants bien vivants pourraient surgir à tout moment.

C'est la voix de Byron qui orienta le reste de mon parcours. D'abord ténue au point d'être indistincte, elle me guida cependant et me permit de m'en approcher jusqu'à comprendre clairement chacun de ses mots. Il était engagé dans un interminable monologue qui semblait s'adresser à un interlocuteur unique. Son ton, calme et posé, était celui d'un professeur expliquant quelques notions complexes à un élève de cours particulier. Le sujet était celui que Berkham avait déjà évoqué : cette obscure légende polynésienne à propos de *Féfafa* et du *Ririroa*. Je constatai qu'il avait au moins eu raison sur un point : Byron était obsédé par ce thème.

Le monstre avait donc survécu à mon assaut.

Meurtrier sanguinaire hier, il était aujourd'hui revenu à la raison et se donnait le rôle d'un sage professeur, peu soucieux des cadavres qu'il avait abandonnés derrière lui. Son discours passionné trahit cependant la violence de son âme lorsque je l'entendis affirmer :

— Si de telles créatures venaient à prendre vie, nous n'aurions d'autre choix que de les exterminer jusqu'à la dernière. Je conçois parfaitement que cette idée puisse vous choquer, mais vous devez être convaincu que nous n'avons aucune alternative.

Je ne parvins pas à comprendre ce que lui répondit son interlocuteur qui était positionné en retrait, alors que la voix de Byron était distincte, comme s'il parlait face à l'ouverture de la pièce dans laquelle il était situé. Il reprit :

— Selon toute vraisemblance, je serai présent avec vous là-bas. Sous mon autre forme, bien entendu. Laissez-moi me charger de cette pénible tâche et restez concentré sur la vôtre. N'oubliez pas que vous êtes la clé de tout ça.

J'avais continué à me rapprocher pendant toute la conversation. Je débouchai soudain dans un vestibule qui donnait directement sur le bureau où il se trouvait. Il était exactement en face de moi, confortablement installé dans un fauteuil orienté de trois quarts par rapport à la porte. Son interlocuteur m'était pour l'essentiel invisible : je n'en distinguais qu'une main reposant sur son accoudoir.

Bien qu'il fût très concentré sur le fil de la discussion, Byron m'aperçut dans l'instant où je fus face à lui. Son visage exprima alors une stupéfaction si puissante qu'elle en était comique. Il jaillit hors de son fauteuil et j'eus le douloureux sentiment de revivre une scène dont la mémoire m'était encore trop fraîche : debout dans l'encadrement de cette porte, notre hôte me rappelait précisément le moment où je l'avais surpris en débouchant dans la crypte, alors qu'il venait d'assassiner Sarah. Tout comme la veille, son étonnement se mua bientôt en une terrible détermination et il me revint les paroles de Berkahm : *C'est devenu un monstre destructeur d'une puissance inimaginable.*

Il me fallait profiter des derniers instants de surprise que je venais de provoquer, et agir avant qu'il n'ait le temps de prendre l'offensive. C'était ma seule chance.

Inspiré par je ne sais quelle intuition, je déclenchai une explosion d'une violence phénoménale au centre du bureau. J'ignorais jusque-là que j'étais en mesure de réaliser une prouesse de ce genre, mais une part de moi-même l'avait pressenti et avait fait son choix. Je suis convaincu que Byron et son malheureux interlocuteur furent tués sur le coup, sans avoir l'occasion de comprendre ce qui leur arrivait. J'ose croire qu'ils n'eurent pas le temps de souffrir, car le souffle de l'explosion, à lui seul, avait amplement suffi à les écraser contre les parois de la pièce et à leur ôter la vie.

Il me fallait tout de même en avoir le cœur net : je ne voulais pas prendre le risque de me trouver à nouveau face à mon dangereux adversaire, et je décidai de m'assurer de sa mort pour de bon. J'entrai dans la pièce que l'explosion avait mise sens dessus-dessous. Un large morceau de plafond s'était détaché et s'était écroulé sur les deux occupants. Je dus escalader un monticule de gravats pour retrouver et déblayer le corps de Byron qui gisait désormais dans un angle du bureau. Un bloc de grande taille était tombé sur sa tête et ne laissait pas de doutes sur ses chances de survie. J'attrapai toutefois son poignet pour tâter son pouls et pus enfin avoir la certitude qu'il était tout à fait mort.

Avant de relâcher son bras couvert de poussière et d'ecchymoses, je fus interpellé par une part de mon subconscient au sujet d'un détail incongru. Je fis le vide en moi et compris ce qui avait déclenché ce signal d'alerte : je tenais dans ma main le poignet gauche de Byron. Il ne portait pas la moindre rune, pas la moindre marque de quelque sorte que ce soit.

Ma logique semblait décidée à reprendre les rênes de ma réflexion afin de tirer ses conclusions. Dans le même temps, j'étais sous le choc de ce que je venais de faire : tout en sachant que je m'étais contenté d'assurer ma propre défense, et même en tenant compte des meurtres affreux que Byron avait commis la veille, et du châtiment qu'il méritait indiscutablement pour ses actes, je ne pouvais oublier que cette explosion avait entraîné une deuxième personne dans la mort. Une deuxième personne dont j'ignorais tout et qui ne méritait probablement pas de connaître ce sort. En comptant ce malheureux innocent, j'avais tué trois personnes depuis ce matin. Mon cœur était bien plus que « lourd » : il pesait des tonnes.

Le désir de quitter ces lieux, de quitter ce sous-sol maudit et de fuir cette île me vrillait le corps. Je voulais mettre fin à ce cauchemar, redevenir l'homme que j'avais toujours été : un modeste écrivain à qui le succès et la chance souriaient souvent, un homme que rien n'amène jamais à tuer son prochain, pas plus la nécessité de se défendre que celle d'agir dans l'urgence.

6- La clé

Il me fut aisé de repérer le chemin de la sortie depuis le bureau de Byron : le parquet de bois clair comportait des marques de passages qui ne laissaient pas de doutes sur les parcours les plus souvent empruntés. Je parvins sans encombre à l'immense dock que j'avais aperçu au moment de mon arrivée. La porte monumentale que j'avais vu s'ouvrir dans un concert lumineux était à présent refermée, mais je l'éventrai d'une simple pensée, sans même prendre le temps de ralentir ma marche.

Plusieurs caddys étaient garés de l'autre côté et je m'installai au volant de l'un d'eux. Le maniement de ce véhicule électrique m'apparut d'une simplicité enfantine. J'entamai enfin ma longue remontée vers la surface, exultant de quitter ces lieux de cauchemar, exultant d'entamer mon voyage de retour vers la douce quiétude de mon existence ordinaire.

De cette ascension frénétique et de mon avancée délirante vers la lumière, je me souviens bien peu. Je crois que je chantais beaucoup, et que je me mettais à rire sauvagement quand je ne pouvais plus chanter, m'amusant de la sourde résonance des interminables parois de béton.

Le rude soleil qui m'accueillit était celui d'un début d'après-midi, alors que j'étais convaincu d'arriver au terme de deux longues journées de captivité. La chaleur oppressante que j'avais quittée avec soulagement la veille m'avait saisi sans ménagement à la sortie du souterrain. Mais je vivais tout cela avec bonheur, encore plein de l'euphorie que cette libération tant attendue m'apportait.

Après avoir erré dans les couloirs souterrains, je devais à présent tenter de m'orienter parmi les chemins sinueux de la résidence. Fort heureusement, le monumental rempart de verre qui formait l'ossature externe des aménagements était visible de presque partout et me servait de repère. À vrai dire, j'ignorais où je voulais me rendre. Une part de moi-même me dirigea pourtant d'une main sûre vers la place centrale du village.

Alors que j'émergeai d'un jardin luxuriant, je fus saisi par un spectacle inattendu. J'interrompis la course de mon caddy par un coup de frein brutal.

Sous l'ombre d'une immense toile tendue au centre de la place, une longue table nappée de blanc accueillait une assemblée de spectres qui devisaient avec insouciance autour des reliefs d'un repas somptueux. Je repérai presque immédiatement Lin Liu à sa robe bleu électrique. Cette vision se juxtaposa au souvenir de son corps éventré, gisant au fond de la crypte. Quant à Jessica Abriossen, plutôt que d'enserrer le visage de Douglas-Masterson dans une étreinte mortelle, elle était en train de lui tenir une discussion pleine d'un entrain allègre. Ils semblaient tous là, sans exception et mon regard ébahi et nerveux repéra sans tarder la présence de Sarah à la vue de laquelle mon cœur déborda d'une joie éperdue.

Comment décrire ce que je ressentis? Moi qui n'avais aspiré qu'à fuir les souterrains maudits où j'étais prisonnier, je constatais qu'aucune des tragédies auxquelles j'avais cru assister n'avait de réalité. Mon retour à la surface m'avait fait renaître à la vie. À présent, c'était la vie qui renaissait à moi. La vie palpitante, douce et paisible, d'un déjeuner d'été entre les membres de la caste infiniment privilégiée à laquelle j'appartenais.

Poursuivant mon examen de cette scène bucolique, je constatai toutefois que notre hôte ne figurait pas parmi les convives. Ayant repéré Berkham qui se tenait sagement à l'écart de la tablée, dans la digne attitude du majordome zélé, je sautai de mon caddy et allai le rejoindre, saluant mes confrères au passage et répondant à leurs sourires amicaux.

Sarah me lança un long regard plein d'amitié qui me fit monter le rose aux joues, tandis que le souvenir imaginaire de notre étreinte me revenait par un caprice espiègle de ma mémoire.

Ce maelström émotionnel dut se lire sur mes traits, car je vis Berkham froncer les sourcils à mon approche. Son expression et son corps adoptèrent instinctivement une attitude pleine de sollicitude. C'est en posant délicatement le bout de ses doigts sur mon coude qu'il me salua.

— Bienvenue à vous, Ankhur. Je désespérais de vous voir parmi nous. Comment allez-vous ?

— À vrai dire… je ne sais pas vraiment, Berkham. J'ai traversé des moments pour le moins étranges au cours des dernières heures.

— N'étiez-vous pas avec Lord Byron ?

— Je ne suis plus sûr de rien… Selon vous, depuis combien de temps étais-je avec lui ?

— Mais depuis hier ! me répondit-il, très étonné.

— Et savez-vous où il se trouve actuellement ?

— Ma foi… je crois qu'il est toujours à son bureau.

— Vous parlez de la base souterraine, n'est-ce pas ?

— Euh… oui, confirma-t-il d'un air gêné.

Même si nous nous tenions à part de la tablée, je compris qu'il n'était pas convenable d'évoquer ouvertement l'existence de cette installation secrète.

— Existe-t-il un système de communication entre ici et son bureau ? demandai-je alors d'un ton pressant.

— Bien entendu ! Je vais vous accompagner.

Je devais sans doute manifester une sorte de fébrilité, car je vis que Berkham se hâtait de me donner satisfaction et que certains des convives portaient sur moi des regards intrigués. Il me guida d'un pas rapide vers le bâtiment de verre dont j'appréciai aussitôt le calme, l'atmosphère climatisée et la fraîcheur apaisante.

Après un bref parcours, nous pénétrâmes dans une pièce entièrement bardée d'équipements futuristes. Des écrans tapissaient les murs et j'en déduisis qu'il s'agissait d'un terminal de surveillance permettant d'espionner tout ce qui se passait dans la résidence. La gêne de Berkham était patente, car il allait de soi que les invités n'étaient pas censés découvrir la surveillance dont ils faisaient l'objet. L'urgence de ma requête l'avait sans doute convaincu qu'il fallait passer outre à cette règle et il me dirigea sans hésiter vers l'écran principal en m'assurant d'une voix pleine de confiance :

— Je vais lui faire part de votre demande.

Mais il avait beau presser avec insistance l'un des boutons qui couvraient le pupitre, l'écran demeurait résolument obscur et la communication ne s'enclencha pas. Manipulant les équipements avec l'aisance d'un expert, il n'en manifestait pas moins des signes de contrariété face à l'inanité de ses tentatives.

— Très bien, lui dis-je alors pour faire cesser la ronde inutile de ses mouvements. Votre système enregistre-t-il ce que captent vos caméras ?

— Bien entendu ! répliqua Berkham.

Mais je vis bien, à la posture rigide que son corps venait d'adopter, qu'il n'était pas question de me laisser accéder aux enregistrements que je venais d'évoquer.

— Écoutez, argumentai-je, mon esprit est confus et il me faut absolument comprendre ce qui m'est arrivé. Selon toute vraisemblance, j'ai dû passer un moment avec Lord Byron… je me souviens clairement que je suis allé le rejoindre hier. Toutefois, je n'ai pas gardé mémoire de ce qui s'est produit après notre rencontre. Mes souvenirs consistent en une suite d'événements invraisemblables qui sont manifestement le produit de mon imagination. Je *dois* savoir ce qui s'est réellement passé, vous comprenez ? Je dois savoir, si je ne veux pas devenir fou ! J'ai besoin de me *prouver* que je n'ai rien vécu de ce que ma mémoire prétend…

Mon ton avait grimpé d'un cran vers la fin de mon discours et l'attitude de Berkham exprimait une prudence pleine d'incertitudes. Sentant que j'étais sur le point de le faire céder, je repris mon argumentaire :

— Je ne vous demande pas de me dévoiler quoi que soit qui pourrait être d'ordre privé ou personnel. Tout ce que je souhaite, c'est visionner mes propres faits et gestes au cours des dernières vingt-quatre heures.

Cet argument l'emporta et bien que ma demande lui parût certainement étrange, Berkham se remit à manipuler la console. Il fit défiler un chronomètre jusqu'à l'heure de mon arrivée dans le dock souterrain. Nous vîmes apparaître la scène sur les écrans et je pus observer, sous quatre angles différents, ma venue en caddy, l'ouverture de l'immense porte métallique et le corps plein d'aisance de Byron qui venait à ma rencontre.

— C'est là ! m'exclamai-je plein d'excitation. C'est exactement là que j'ai perdu le fil des événements !

Le double de moi-même que je voyais sur l'écran ne manifesta pas le moindre trouble, au moment où je me souvenais d'avoir abandonné cette scène pour rejoindre la salle de plexiglas. Il répondit au contraire très poliment au sourire avenant de Byron, sauta hors du caddy et vint affectueusement serrer la main se son hôte.

Comment pouvais-je avoir oublié ce à quoi j'assistais à présent ?

Par quel sortilège mon esprit s'était-il convaincu d'avoir vécu les faits que j'avais en mémoire, en lieu et place de la réalité que je découvrais sur ces écrans ? Ces questions n'allaient pas cesser de me tarauder tout au long de l'heure que nous passâmes ensuite à suivre Lord Byron et mon double au cours de leurs allées et venues et de leurs entretiens.

Mon hôte m'avait longuement fait visiter la partie rénovée de la base en m'abreuvant de discours détaillés sur sa genèse et sur la fameuse présence américaine dont le Berkham de mes souvenirs m'avait exposé un résumé. Mes souvenirs fictifs s'étaient donc constitués en puisant leur substance dans les événements réels que j'avais vécus au cours de la même période. Mais par Dieu ! Pourquoi ma mémoire attribuait-elle à Berkham des propos que m'avait tenus Byron ? Je n'en avais pas la moindre idée.

Le vrai Berkham, manipulant toujours la console avec dextérité, nous faisait sauter de période en période, recueillant toujours mon avis sur les passages qu'il convenait d'éluder et sur ceux que je souhaitais voir plus en détail.

Lord Byron m'avait offert un dîner plein de mets raffinés au cours duquel nous avions eu une discussion animée concernant les œuvres littéraires arabes du dix-huitième siècle. Il avait conclu cet échange en m'annonçant que nous devions aborder des sujets plus importants et plus graves au cours de la matinée à venir. Nous étions allés nous coucher, sans doute enivrés par le vin que nous avions partagé.

Au lever, j'étais allé rejoindre Byron dans son bureau personnel. Je tressaillis en constatant qu'il correspondait en tous points à la partie de mes souvenirs factices qui le mettait en scène. Byron s'installa face à la porte, dans la position précise où je me souvenais de l'avoir surpris. J'occupais curieusement le fauteuil du visiteur qui figurait en retrait et qui était resté caché à mon regard.

Les fragments de l'enregistrement que Berkham fit défiler à vitesse normale révélèrent une discussion portant sur la légende polynésienne qui concernait notre île et je découvris ainsi d'où me provenait le souvenir de ce récit pittoresque.

Byron exposait toutefois des éléments bien plus précis que ceux que j'avais en mémoire et je demandai à Berkham de ne toucher à rien pendant toute cette partie de son explication. Le ton grave et appliqué avec lequel Byron parlait me sembla soudain étrangement familier. Une réminiscence inconfortable commença à me troubler lorsque je l'entendis prononcer :

— Si tout se passe comme je le suppose, et à un moment qu'il est impossible de prévoir, l'énergie qui circule entre vous et *Féfafa* atteindra bientôt son point culminant. C'est à ce moment-là qu'aura lieu la scission.

— La scission ? demanda ma représentation enregistrée.

— Oui, la scission. *Féfafa* va engendrer un double de vous-même. Je ne sais trop comment ce processus aura lieu, mais il est probable qu'en même temps qu'elle donnera naissance à votre alter-ego, elle engendre également un double de tous les autres visiteurs qui occupent actuellement l'île. Vous devriez en quelque sorte « renaître » dans la zone ouest de cette base, car c'est là que *Féfafa* est la plus puissante. Mais comprenez que vous ne serez peut-être pas seul quand vous vous retrouverez là-bas. L'énergie de *Féfafa* aura sans doute été distribuée sur chacun des clones qui auront été produits et cela affaiblira votre pouvoir.

Mon cœur s'arrêta soudainement de battre lorsque Byron enchaîna par ces mots :

— Si de telles créatures venaient à prendre vie, nous n'aurions d'autre choix que de les exterminer jusqu'à la dernière. Je conçois parfaitement que cette idée puisse vous choquer, mais vous devez être convaincu que nous n'avons aucune alternative.

— Cela m'est impossible, Georges ! entendis-je mon double lui répondre. Vous présumez de mes capacités. Ce que vous me demandez est tout bonnement inconcevable pour moi.

— Selon toute vraisemblance, je serai présent avec vous là-bas. Sous mon autre forme, bien entendu. Laissez-moi me charger de cette pénible tâche et restez concentré sur la vôtre. N'oubliez pas que vous êtes la clé de tout ça.

J'aurais dû demander à Berkham d'interrompre la séquence enregistrée à ce moment précis, mais j'en fus absolument incapable. Mes yeux dévoraient les écrans au moment où je me vis déboucher dans le vestibule, hésiter quelques instants puis déclencher l'explosion titanesque qui mit fin à la vie de Byron et à celle de son interlocuteur : *moi-même.*

À la vue de cette scène, Berkham avait brusquement pâli et il se tourna vers moi en me lançant un regard plein de répugnance.

— Le *Manatini…*, eut-il le temps de dire en louchant sur la marque que je portais au poignet gauche.

Mais je n'avais que faire de son dégoût. Je n'avais que faire de la peur qui le fit reculer maladroitement loin de moi. La colère la plus pure inondait mes entrailles. Elle faisait bouillir mon sang, et recouvrit mon corps et mon visage d'une carapace de pierre.

Pour servir je ne sais quel dessein personnel qui me demeurait obscur, Byron m'avait projeté dans une situation absurde. L'enchaînement des faits *m'avait amené à me détruire moi-même.*

Bien que je l'eus déjà tué deux fois, comme j'en prenais conscience à présent, je le haïssais encore avec une indicible intensité. Je le haïssais, lui et son île maudite, et je haïssais encore plus la force grotesque et monstrueuse qu'il nommait *Féfafa* et qui était responsable de toutes les horreurs que je subissais depuis la veille.

Je pulvérisai la salle dans laquelle je me trouvais, et pris mon essor vers le ciel dans un lent mouvement ascendant qui vibrait de toute ma colère et de toute ma haine. Lorsque je fus à une distance suffisante pour embrasser toute l'île de mon regard, je la balayai de la surface de l'océan, et lavai les traces honteuses de sa présence par un ouragan dont la sauvagerie fut à la mesure de mes émotions.

Ce déchaînement de violence me fit du bien, mais ne m'apaisa pas encore tout à fait. Virevoltant et flirtant avec les nuées sombres que j'avais fait venir à moi, je pris la direction du continent, à la recherche d'un autre lieu où je pourrais exulter ma fureur insatiable.

Du même auteur

**12 sentiers vers le bonheur,
plus un treizième en bonus**

Éditions Quintessence – 2012
EAN : 978-2-35805-067-8

**Le monstre sur le seuil
et autres nouvelles**

(traductions de nouvelles de H. P. Lovecraft)

Editions Humanis – 2012
EAN : 979-10-219-0053-0

**Je suis d'ailleurs
et autres nouvelles**

(traductions de nouvelles de H. P. Lovecraft)

Editions Humanis – 2015
EAN : 979-10-219-0106-3

L'affaire Jennifer Leight

avec *Nicolas Kurtovitch*

Editions Humanis – 2017
EAN : 979-10-219-0304-3

Découvrez les autres ouvrages de notre catalogue !

http ://www.editions-humanis.com

Luc Deborde

BP 32059 – 98 897 — Nouméa

Nouvelle-Calédonie

Mail : luc@editions-humanis.com

Même pas peur

de Luc Venot

Déjà plus de 20 000 lecteurs !

Des crimes précédés de tortures… Et toutes les pistes qui mènent vers ce foutu foyer de la DASS de la rue Serpolet ! C'est quand même pas des gamins qui ont pu faire ça ?!

Le commissaire Hercule Mapèch en perd son latin. Pour être honnête, du latin, il en a jamais eu beaucoup, mais c'est un teigneux, Hercule, et il ne lâchera pas l'affaire. Fabulous-Fab et Biggy-l'avion-de-chasse sont là pour l'aider, les assassins n'ont qu'à bien se tenir !

Découvrez ce premier roman devenu phénomène littéraire : un thriller inventif et culotté, aussi drôle qu'effrayant, aussi émouvant qu'étonnant. Une superbe histoire d'amitié au cœur du monde des paumés.

J'ai rêvé
d'un autre monde

de Laurent Pommès

**Un voyage extraordinaire
à travers les espaces-temps !**

Alors qu'il travaille sur un cristal monumental nommé «le Vénérable», le professeur Kres est enlevé par une organisation mystérieuse qui semble maîtriser le voyage hypersonique. Son amie Initia et le capitaine Amos suivent sa trace jusqu'au milieu du désert australien où ils découvrent une base secrète de la NSA.

En tentant d'y pénétrer, Initia se retrouve brutalement projetée au Pérou en 1947, tandis qu'Amos émerge au milieu d'une installation sous-marine appartenant à un futur lointain.

Désormais prisonnière du 20e siècle, Initia enquête à la recherche de réponses. De son côté, Amos comprend qu'il devra atteindre une conscience de niveau 5 pour traverser les plans temporels qui le séparent de son amie.

« Laurent Pommès : un auteur virtuose qui parvient à intégrer science et ésotérisme dans un récit palpitant. »

L'Empire du Dragon

de Alix Geoffroy

Romance, action et aventure

Après 500 ans de paix qui ont vu prospérer les hommes, la reine Alvira a rompu le Pacte Sacré, et l'armée du Drackenmaar chevauche à présent vers Velcania.

Meghan, princesse du Drackenmaar, se retrouve bientôt prisonnière de Keldric, prince de Velcania. Deux héritiers que tout sépare et que la destinée condamne à s'opposer l'un à l'autre.

Mais les dieux n'ont pas dit leur dernier mot...

Romance, action et aventure sont au rendez-vous de ce petit chef-d'œuvre d'Heroic Fantasy. Plongez-vous dans cette épopée à l'écriture irréprochable, et découvrez la farouche princesse Meghan dont la force de caractère pourrait bien faire basculer le destin de l'Empire du Dragon.

L'affaire Jennifer Leight

Luc Deborde
& Nicolas Kurtovitch

Un hommage aux classiques du roman noir

« J'avais commencé par perdre mon chapeau. Et au cours des dernières vingt-quatre heures, mon pistolet, ma montre, mes fringues et mes chaussures. J'avais le visage en puzzle. À la fin du parcours, on me retirerait probablement ma licence de détective privé. J'étais en rupture avec tout ce qui avait représenté ma vie jusque-là. Voilà où tout ça me menait : à ma perte. »

Située au cœur de Sydney pendant les années quatre-vingt, cette enquête rend un hommage tonique et plein d'humour aux meilleurs classiques du roman noir.

Le Feu
des Immortels

de Évelyne André-Guidici

**Romance, action et aventure
en littérature jeunesse**

Naufragée à la suite d'une terrible tempête, la jeune Ayana est recueillie et soignée à bord d'un vaisseau venu du futur. Elle y rencontre Yllas, un chef de guerre aussi redoutable que fascinant.

Qui sont les mystérieux Stires qui menacent l'humanité ? Et comment Ayana peut-elle aider à les vaincre ? Pour le découvrir, elle devra explorer son cœur et faire jaillir une vérité que personne ne soupçonne.

Situé dans le Pacifique sud, ce récit de science-fiction passionnant est également une fable écologique qui nous questionne sur notre place en tant qu'humain, sur Terre et dans l'univers.

Je suis d'ailleurs

et autres nouvelles

H. P. Lovecraft

traduit par Luc Deborde

Un immense classique de la *fantasy*

Fervent admirateur d'Edgar Allan Poe, Lovecraft est l'un des écrivains d'horreur les plus influents du XXe siècle.

Stephen King dit par exemple de lui qu'il était « le plus grand artisan du récit classique d'horreur du vingtième siècle ».

Ce recueil nous offre — dans une nouvelle traduction particulièrement soignée — une sélection de quelques-unes des meilleures nouvelles fantastiques issues du génie de Howard Phillips Lovecraft :

- Je suis d'ailleurs
- Vielle punaise
- L'agonie de Juan Romero
- En souvenir du Dr Samuel Johnson
- L'ombre d'Innsmouth
- Hypnos
- La Musique d'Erich Zann

Extrait : Que ma mémoire soit défaillante, cela n'est pas douteux il est évident que ma santé physique et mentale a été gravement perturbée par mon séjour dans la rue d'Auseil, et je me garde bien d'accorder le moindre crédit à mon esprit malade. Mais le fait de ne pas parvenir à retrouver cet endroit est aussi singulier que troublant, car il n'était qu'à une demi-heure de marche de l'université et se distinguait par des particularités qu'il semble difficile d'oublier pour quiconque l'ayant visité...

www.ingramcontent.com/pod-product-compliance
Lightning Source LLC
Chambersburg PA
CBHW051442150726
48000CB00005B/2211